智·慧·爱
Sapientiae et Cordi

了 解 和 爱, 终 将 成 就 一 切 ！

她只是个孩子
One Child

［美］桃莉 · 海顿（Torey Hayden）著

陈淑惠 译

华夏出版社
HUAXIA PUBLISHING HOUSE

图书在版编目（CIP）数据

她只是个孩子 /（美）海顿著；陈淑惠译. —北京：华夏出版社，2016.1
（桃莉老师疗愈成长之旅）
书名原文：One Child
ISBN 978-7-5080-8720-7

Ⅰ. ①她… Ⅱ. ①海… ②陈… Ⅲ. ①问题儿童－儿童教育 Ⅳ. ①G765

中国版本图书馆 CIP 数据核字 (2016) 第 009678 号

ONE CHILD

by Torey L. Hayden

Copyright © 1980 by Torey L. Hayden

Simplified Chinese translation copyright © 2016

by Huaxia Publishing House

Published by arrangement with Curtis Brown Ltd.

through Bardon-Chinese Media Agency

ALL RIGHTS RESERVED

她只是个孩子

著　　者	[美]桃莉·海顿
译　　者	陈淑惠
责任编辑	朱　悦　陈志姣
特约编辑	王春林
责任印制	刘　洋

出版发行	**华夏出版社**
经　　销	新华书店
印　　刷	三河市少明印务有限公司
装　　订	三河市少明印务有限公司
版　　次	2016 年 1 月北京第 1 版　　2016 年 2 月北京第 1 次印刷
开　　本	880×1230　1/32
印　　张	6.75
字　　数	130 千字
定　　价	35.00 元

华夏出版社　　地址：北京市东直门外香河园北里 4 号　　邮编：100028
网址：www.hxph.com.cn　　电话：(010)64677853
若发现本版图书有印装质量问题，请与我社营销中心联系调换。

学习倾听孩子的声音

21世纪，随着互联网的飞速发展，世界愈加扁平，各种资讯以及教育理念以前所未有的强度冲击着我们。育儿的话题在当今的中国变得越来越引人关注，也越来越重要。第一代的独生子女如今已经为人父母。在仍然以传授知识、考试测评为教育主线的中国，孩子的压力越来越大，反抗也越来越大。家长们一方面渴望孩子快乐成长，另一方面又难以抗拒整个社会的潮流，站在孩子的身后，举着考试的大旗打压着孩子们。

前日参加一个活动，有一个讨论是关于"如何做高效能父母"的话题。家长们七嘴八舌，提出了一大堆的建议。我却在想，也许，我们都需要安静下来，学习倾听孩子的声音。

桃莉·海顿，被美国教育界盛誉为"爱的奇迹天使"，她的这套"桃莉老师疗愈成长之旅"都是从孩子的角度展开的，让我们这些糊涂的自以为是的大人有机会听到孩子们的声音，帮助我们贴近孩子那颗敏感的心，了解他们的需要和被爱的方式。

我非常感谢自己在芬兰的育儿经历，因为是个"外来母亲"，什么都不懂，所以必须倾听（即使如此，也常常做不到很好的倾听）。

在某种程度上，女儿教会了我很多。记得女儿12岁左右的时候，喜欢上了一个西方的摇滚歌星。这个歌星的所有造型，都让我有一种心惊肉跳的感觉。我非常担心女儿的"喜欢"，试图了解她为什么会以这样一个"不正派"的歌星为偶像。女儿却说，他在台上的打扮和表演只是一种渲泄，是他情绪或生命中的一个部分。她还批评我（和很多中国家长）以貌取人。可是，我依然不明白，这个摇滚歌星渲泄的哪一部分引起了一个12岁孩子的共鸣，当时非常担心（现在我越来越理解一个孩子成长过程中的困扰）。此后，我们也偶尔会为这件事展开讨论，直到她15岁的某一天，我们又谈起这个歌星，她跟我说了不久前发生的一件事：有一个青少年持枪伤人，而他恰是这个歌星的粉丝。这件事引起各方媒体的关注，甚至有一种声音质疑歌星的音乐对青少年的负面引导。有人采访这个歌星，问："如果你有机会对这个孩子说几句话，你会说什么？"他静默片刻，回答道："我什么也不会说，我会倾听。"女儿说："妈妈，你不觉得他是一个很有智慧的人吗？"

是的，倾听的力量超出你的想象！在这个充斥着各种声音和各种理念的噪杂世界里，"倾听"也许是我们需要学习的一个重要技能。

无论你是家长还是老师，如果你心里有爱，并愿意用对的方式支持到你所爱的孩子，不妨打开这套书，在桃莉·海顿的帮助下，走进孩子的内心世界，开始学会倾听。看看你是否能够听到他渴望长大的声音，听到他内心的无助和他的需求，他的自豪和喜悦，体会到他在生命初期学习生存技能的那份努力和不易。

如果我们能够带着深深的爱，细心地倾听，全然地信任，耐心地陪伴，也许，生命就会展现给你一个奇迹！

芬兰富尔曼儿童技能教养法中国推广第一人：李红燕

人类灵魂之歌

在我成人的生活中，最有价值的回忆应该是教导情绪失调的孩子。在我还是大学新人的那年秋天，我便在辅导情绪失调的学龄前儿童的教育单位当义工。因此，我也对儿童时期的心智疾病产生了很浓厚的兴趣。从那时起，我在这个领域拿到三个学位，并且投入多年时间从事这方面的工作，也在五个州教书。这么多年来，我辛苦地想要找出答案，最后却发现，根本没有什么关键性的答案，即使有了"爱"也不见得就是足够的。

我时常被问及的一个问题是："难道你不会觉得力不从心吗？"无数的大学生总是这样问我。每天面对着暴力、贫穷、毒瘾、酗酒、性虐待、生理虐待、漠视和冷漠，你还能不灰心吗？不论是正规班级的教师还是任何来听演讲的听众，无一不发出此质疑："难道你不会觉得力不从心吗？"

不，不，真的不！他们都只是孩子，和对待其他孩子一样有时会感到沮丧罢了。他们同样也有情感和认知，大家却都干脆地把他们归类为不正常、失调。

这些孩子绝非只是如此，他们是相当具有勇气的。当我们打开电视，看见晚间新闻中报道着某些来自远方既刺激又耸人听闻的故事时，我们从来无法体会那种切身的感受。这是很不幸的，因为你永远无法看到故事真相中的勇敢行为。有一部分情绪失调的孩子，便是终日生活于恐惧的梦魇之中，时时要与未知的世界搏斗；有些孩子则生活在暴力的阴影下，生活之凄惨又岂是言语所能形容和涵盖的；有些孩子生活得有如动物般没有尊严；有些孩子没有爱；有些孩子没有希望，然而他们却都强忍了下来。因为除了接受现实之外，他们根本没有选择。

《她只是个孩子》所说的，只是其中的一个孩子而已。写这本书的目的并非为了博取同情，也不是要褒扬桃莉·海顿的伟大。本书是在提供一个答案，一个针对心智疾病辅导工作中感到力不从心这个问题的答案。这本书可说是一首人类灵魂之歌，因为这个小女孩和我们的孩子一样，也和我们所有的人一样。她是一位生还者。

目 录

Torey Hayden

第章

垃圾班

在那个11月份冷冽的夜晚，她带走了一个3岁小男孩，将他绑在树上并放火烧。小男孩目前正待在医院里，情况相当危急，而小女孩则被警方拘留。

没有任何一位老师会接受这样可怕的学生，大家都希望小女孩继续被拘留下去。

我早就该知道了。

报纸上的那篇报道很简短，说的是一个6岁小女孩绑架邻居小男孩的事件。在那个11月份冷冽的夜晚，她带走了一个3岁小男孩，将他绑在树上并放火烧。小男孩目前正待在医院里，情况相当危急，而小女孩则被警方拘留。

早先读到这则新闻时，我并未特别留意。当天晚上洗碗时，我却不停地想起这则新闻。不知道警方会如何处理这个小女孩，难道把她关进牢狱中？我抱着一种事不关己的态度想着。可是，我早就该知道了。

我早就该知道，没有任何一位老师会接受如此可怕的学生，更何况一般家长也无法允许自己的孩子与她做同学，大家都希望这个小女孩继续被拘留。而我早该知道，她终将成为我班级中的一员。

我在学校中所带的班级，就是所谓的"垃圾班"。在这所学校中有最受重视的资优班，有智能不足班、情绪失调班、行为失调班、生理残障班、学习障碍班，最后才是我的班级。我有8位别人挑剩的孩子，以前我的班级一直是这所学校的最后一站。这是个专门收集"垃圾"学生的班级。

在这个春季之前，我原本帮助一些情绪失调或有学习障碍的学生。由于我在此领域中长期培养出来的各项能力，使得特殊教育主任索莫斯先生终于找上了我，问我有没有兴趣在次年秋季接下"垃圾班"。他知道我对严重失调的学生很在行，也知道我喜欢小孩，而我本人也喜欢接受挑战。他虽知困难重重，仍一心跃跃欲试。尽管我答应了他，但其实我仍有所保留。

我还是比较喜欢原来的班级和学生，而且，我也不希望受到太多来自校长的压力。我们在许多事情上的看法没有交集，校长先生总是吹毛求疵，把小事化大。但我只要接受索莫斯先生的提议，便可自在地穿着打扮，不必和孩子们保持师生的距离，也用不着理会校长的古板。因此，我接下这份工作，自信自己可以克服任何障碍。

我对这 8 个孩子并没有什么特别的期待，毕竟我已在这个领域待得够久了，早已不再拥有天真无邪的赤子心。我也早就学会不要显露出震惊或惊讶的表情，那也是我的最佳防御术，至少那样会比较安全。

8 月份的那个早上，第一位抵达的孩子是彼德，是个 8 岁大、身体粗壮的黑小子，行为异常粗暴。彼德怀着满腔的怒火冲进教室，口中还不断地叫嚷咒骂着。他恨学校，他恨我，他恨这个班级，他不要待在这个讨厌的地方。我根本无力去阻止他。

接着进来的是泰勒，我很惊讶她竟是个女孩子。她躲在妈妈的身后，有着一头卷曲的披肩长发。泰勒也是 8 岁，而且已经有过两次自杀的记录。最近这次是喝了具有腐蚀性的洗涤剂，因此烧毁了她部分食道，她的喉咙里现在还装着一根管子，皮肤上则留有一道红色的手术疤痕。

马克斯和弗莱迪是在尖叫声中被硬拖进教室来的。马克斯今年 6 岁，是个身材高大、体格魁梧的金发男孩，典型的症状是幼儿自闭症，会不停地拍着双手在教室中又叫又咬地到处打转。他的母亲则为孩子的行为无常而连声道歉。弗莱迪虽然只有 7 岁，却有 42 公斤重，一身的肥肉都快把衣服给撑破了。只要一有机会可以躺在地上，他就会一动也不动，似乎已没有生命迹象了一般。有的报告指出，弗莱迪患有自闭症，有的则说是智障，还有些报告干脆直言检查不出个所以然来。

我已经认识莎拉三年了，从她幼儿园时期开始我便带过她。莎拉是一位生理及性虐待的受害者，而且还是个脾气暴躁、叛逆的孩子。去年她在另一所学校就读一年级时，终年不曾开口说过一句话，甚至不和母亲及姐姐沟通。我们两人微笑以对，为终于找到张熟悉的面孔而高兴。

然后，一位中年妇女带来一个有如杂志模特儿般可爱的小女孩，头发梳得一丝不乱，衣服相当整洁。她的名字叫苏珊娜，今年6岁，这是她生平第一次上学。我的心开始感觉退缩，因为学生被分到这个班级，无疑相当于被判了死刑。根据医生的说法，苏珊娜永远不可能正常。她患了儿童精神分裂症，不论听力还是视力都恍惚不清，终日不是哭泣便是前前后后摇晃着身体。她很少开口说话，就算开口，也往往词不达意。我能深深体会她的父母所遭受的痛苦。

最后出现的是威廉和盖里莫，两人同为9岁。威廉是个瘦长、一脸无精打采的男孩，对于水、黑暗、汽车、吸尘器以及床底下的灰尘，有着无端莫名的恐惧感。为了保护自己，他还经常口中念念有词地不知做些什么仪式。盖里莫是非裔美国人，脾气虽然暴躁，但还不至于无法控制。然而，更不幸的是，他还是个盲人。我原本不打算收他的，可是依照规定，这个班级不能拒绝他，只是我也不知道该如何来带领这位看不见的学生。算了算，我们一共有9个人，加上我的助手安东、高中生惠妮，总共有11个人。看到这群学生和我那两名杂牌军助手，心中不自觉地涌起一股绝望。

这怎么成为一个班级呢？我又如何能在九个月中，教会他们数学和其他奇迹呢？有3个学生不会自己上厕所，其中两个有过意外；3个学生无法说话，其中有1个根本不愿说话，有两个的嘴巴却永远停不下来；还有1个看不见。这项挑战已大大超出我当初的预料了。

不过，我们还是应付过来了。安东学会了换尿布，惠妮学会了清除地毯上的尿液，我学会了盲文，校长则学会了不再对我们吹毛求疵，索莫斯先生则学会了躲藏。

在寒假之前，我的班级还是稍微有了些进展。莎拉开始开口说话；马克斯学习认字；泰勒经常会微笑；彼德没有以前那么爱发脾气了；威廉的恐惧感降低了不少；盖里莫心不甘情不愿地学盲文。至于苏珊娜和弗莱迪呢？嗯，好吧，我们还在努力之中。

11月份读到的那则新闻报道，早就被我抛诸脑后，但是我实在不应该忘记的。我早该知道，迟早我们会成为12个人的班级。

放完寒假的第一天，索莫斯先生一大早就出现在我的办公室，从他脸上的表情，我意识到自己有麻烦了。虽然这个班级有层出不穷的问题，我却不知道该如何向他表示抗议。

"有个新入学的小孩要加入你的班级。"他说话时，脸上充满了迟疑的表情。

我注视着他好一会儿，搞不清楚他的意思。我已经头够大了，现在他又要来雪上加霜。

"我已经有 8 个学生了，索莫斯先生。"

"我知道，桃莉。可是这是一个特殊案例，我们没有别的地方可以安置她，你的班级是我们唯一的选择。"

"可是我已经有 8 个学生了，"我木然地重复道，"那已经是我能力的极限了。"

索莫斯先生看起来一脸为难的模样，每次他只要使出这一招，我便会心软而无力再拒绝他任何过分的请求。

"这个小孩是何方神圣，为什么会如此特别？"我问道。

"这个小女孩就是 11 月份放火烧隔壁小男孩的那个女孩。他们把她从学校带走，并安排送她到州立医院。问题是那边并没有收容孩子的单位，于是这孩子又被送回家一个月，结果又惹出了不少麻烦。现在社工人员开始要求我们得为她做点什么。"

"他们为什么不给她安排个'在家教育'呢？"我问道。

我所教过的许多孩子由于某些因素无法正常就学之前，都是接受"在家教育"的，也就是指派一名老师去家里教育因某种原因严重失调的孩子。通常都是以此种方式处理，然后再慢慢为他们找到安置的场所。

索莫斯先生对着地板皱眉头说："没有人愿意收留她。"

"这个孩子才 6 岁大，"我讶异地说，"他们竟然害怕一个 6 岁大的孩子？"

他耸了耸肩，沉默的表情告诉我，事情绝非如此简单。

"可是我的能力就只能应付目前这么多的孩子了。"

"那就将其中一个孩子转班吧，我们一定要把这个孩子安插进来，桃莉。这只是目前的权宜之计，等到州立医院设置了儿童部门后，一切就都恢复正常了。我们一定得将她安插进来，这里是唯一可以管理她的地方，也是唯一适合她的地方。"

"你是说，我是唯一那个愚蠢到会去接受她的人？"

"你可以将其中一名学生调班。"

"她什么时候来？"

"8号。"

此时，学生们已陆续抵达，我也必须为放完假后的第一天上课做准备。索莫斯意识到我必须开始做准备工作，他点点头便离开了。他的心中其实非常清楚，只要给我一些时间，我会同意的。索莫斯很清楚，我一向是个耳根子很软的人。

告诉安东这个消息之后，我注视着这些孩子，不知道该将哪一个转到其他班级。我心里非常明白，他们根本无法在普通班级生存下去，因为他们还没有做好充分的准备，再说我也不准备放弃他们。

"索莫斯？"我紧抓着电话筒，"我不要调走任何一个孩子，我们相处得如此融洽，我无法做出选择。"

"桃莉，我告诉过你，我们一定得把这个小女孩放进来。我真的很抱歉，可是真的没有其他地方可以安置她了。"

我看着电话边的布告栏，上面根本没有一个班级是我的学生能够加入的。我感到自己被利用了："我能带 9 个学生吗？"

"你愿意带 9 个吗？"

"那是违法的。可以再给我增加一名助手吗？"

"我们看看再说吧！"

"那是表示可以了？"

"但愿吧，"索莫斯回答道，"可是我还是得看情况才能决定。你需要再增加一张椅子吗？"

"我需要的是另一位教师，或是另一间教室。"

"你需要另一张桌子？"

"不，我不需要任何桌子，这间教室根本就不够 8 个孩子使用，我们后来都干脆坐在地毯上或桌子上了。不，我不需要另一张桌子，把那孩子送过来就是了。"

第 **2** 章

对 抗

　　终于，我把她放在一张椅子上，拿出了一张数学考卷。这下她可有反应了，她一把抢过那张卷子，揉成一团，对着我丢过来。

　　我又拿出一张，她又重复一次之前的举动。

　　我再拿出一张，结果还是飞到我的脸上来。

　　她在1月8日准时出现。从我同意接受她，到她出现的这段时间，我什么消息也没收到，没有档案资料、没有身世背景，唯一的消息是一个半月前那篇被我认为不重要的文章。对于即将面临的事情，我一点心理准备都没有。

　　索莫斯先生紧紧抓着她的手腕将她带过来，科林斯先生也尾随在索莫斯的身后。

　　"这位就是你的新老师，而这里将是你的新教室。"

我们彼此注视着对方。她的名字叫席拉，6岁半，瘦小的身体加上一头乱发，有一双充满敌意的眼睛以及一身的臭味，她比我想象中的样子还要瘦小许多。席拉身上穿着一件男孩穿的褪色条纹T恤，看起来就是一副受虐儿童广告中出现的受虐儿童的模样。

"嗨，我叫桃莉。"我以最和善的声音说道，同时向她伸出手，她却毫无回应。于是我从索莫斯手中接过她的手腕，对她说："这位是莎拉，她是很随和的人，她会带你的。"

莎拉伸手向她示好，可是席拉仍一动也不动，双眼盯着在场的每一张脸。

"来吧，孩子。"莎拉抓着她的手腕。

"她叫席拉。"我跟大家做介绍。可是席拉厌恶这些亲昵的举动，狠狠地把手甩开并向后退。她转过身拔腿便跑，不巧却撞进站在走廊中央的科林斯怀中。我抓住她的手臂，把她拖回教室。

"我们就把她交给你了，"索莫斯说，"我会把她那叠厚厚的记录放在你的办公室。"

他们两人离开后，安东便将门闩上了。我则把席拉拖到我的座椅处，要她站在我的面前。其他的小孩小心翼翼地围着我们，现在我们真的是12个人了。

我们每天早上所进行的第一件事便是我所独创的"讨论会"。由于这些孩子都来自混乱失序的家庭，因此我们需要某些整合的力量，来刺激这些孩子的沟通意愿。我会提出一个"主题"，通常是一个可以表露情感的主题，像是"谈谈可以使人觉得快乐的事情"之类的。由这些主题切入，让每个人都可以参与其中。

刚开始总是由我提出主题，经过一两个月之后，这些孩子们开始有自己的主张了。渐渐地，孩子们的参与越来越热烈。他们非常喜欢这种讨论方式，也变得越来越活泼，甚至连苏珊娜也会偶尔参加。那段时期我们的教室里总是充满笑声。

这个早晨，我把孩子们都唤到身边来："小朋友们，这位是席拉，她将要加入我们的班级。"

"为什么？"彼德满脸困惑地问道，"你没有告诉我们有个女生要来呀！"

"有，我有告诉你们，彼德。记得我们上周五排练过要欢迎席拉的节目吗？还记得我们是怎么做的吗？"

"呃，可是我不喜欢她加入我们，"他回答道，"我喜欢我们原来的样子。"他摆出一副拒绝姿态。

"我知道这得花上一段时间才能适应，但是我们都会适应的。"我拍了拍席拉的肩膀，而她却倔强地将身子扭开。

"现在，有谁要提出主题呢？"每个小孩都坐在地板上围着我，可是没有人开口说话。

"没有人想到主题吗？好，那我来想一个：当你是个新来的人，而且谁也不认识，或是当你想成为团体的一分子，却没有人愿意接受你，那会是什么感受呢？"

"很不好，"盖里莫说，"我曾经发生过一次，我觉得感觉很不好。"

"你可以告诉我们那种感觉吗？"我问道。

突然间，彼德跳了起来："她好臭，老师。"他一面从席拉身边挪开一面喊着："她臭死了，我不要她和我坐在一起，她会把我给熏死的。"

席拉狠狠地瞪了他一眼，但是没有说话也没有动一下，只是将自己缩成一团，双手紧抱着膝盖。

此时，莎拉也站了起来，并移到彼德的身边坐下："她真的很臭，桃莉。她闻起来好像是臭屁。"

为了教导学生们礼节的重要性，接下来我把两个学生移到后面，6个移到旁边。

"如果有人说你很臭，你会有什么感觉，彼德？"

"呃，她真的臭死了。"彼德扭曲着一张脸。

"那不是我要问的。我是在问如果有人这样说你，你会有什么感受呢？"

"我绝对不会把所有人都熏得受不了而跑出教室的，我绝对不会那样！"

"那不是我问的问题。"

"那会让我觉得很难过。"泰勒首先发言。任何的愤怒或不认同都会让泰勒感到害怕，也使得她特别能体谅别人。

"你呢，莎拉？"我问道，"你有什么感受呢？"

莎拉一个劲儿地凝视着自己的手指，不愿意抬起头看着我，她说："我会非常不喜欢那种感觉。"

"嗯，我想我们都不喜欢那种感觉。有没有什么更好的方式可以解决问题呢？"

"你可以私下告诉她说她很臭，这样她就不会觉得难堪了。"威廉提议道。

"你可以告诉她不要那么臭呀！"盖里莫附和道。

"我们可以全都把鼻子塞起来。"彼德说。他不太愿意承认自己之前的话有不妥当和不得体的地方。

"那样根本就没有效，彼德，"威廉说，"因为那样子你就不能呼吸了。"

"你当然可以呼吸，你可以用嘴巴呼吸。"

我笑了起来："各位，试试看彼德的方法。彼德，你也一起试试。"除了席拉之外，所有的孩子都用嘴巴呼吸。我怂恿席拉一起加入，她仍然无动于衷。大家都玩得很高兴而大笑时，只有席拉一个人例外。我向她解释，这是我们解决问题的方式，但是她对我置之不理。

最后，我问她："这让你有什么感觉？"空气中弥漫着一阵冗长的沉默，其他的孩子终于忍不住了："她会说话吗？"

"我以前也不说话的，记得吗？"莎拉回嘴道，她注视着席拉，

"我以前从不说话的，席拉。我知道那种感受。"

"好了，我想你们都让席拉知道你们的意思了。我们何不给她一些时间，好让她适应我们，好吗？"

我们继续进行这个早晨的讨论会，然后在合唱的歌声中结束。接着上的是数学课。安东照顾其他的孩子，我则带着席拉四处看看。其实我根本就是抱着她的，因为她还是一动也不动。问题是即便如此，她还是用双手蒙住脸不愿张开眼睛看。我为她介绍她的小房间、吊衣架、各种动植物、玩具，就这样抱着她走过一个又一个地方，当作她对这一切都感到很有兴趣。事实上，就算她真的有兴趣，也不会表现出来让我知道。她好像一块躺在我怀里的木头，全身僵硬地和我对峙着。

终于，我把她放在一张椅子上，拿出了一张数学考卷。这下她可有反应了，她一把抢过那张卷子，揉成一团，对着我丢过来。我又拿出一张，她又重复一次之前的举动。我再拿出一张，结果还是飞到我的脸上来。这样根本就无济于事，于是我将她抱到我大腿上，双手圈住她弱小的身躯，让她的双手无法动弹，然后我拿出一张简单的加法考卷，上面有"2+1"、"1+4"等题目，将卷子铺在小桌子上。

"好，现在我们来做数学。"我说，"第一个问题，'2+1'等于多少呢？我们来算算看。"她却把头扭到一旁，僵着身子抵抗着我。

"你会算吗，席拉？"我问，她还是没有回答。

"我来帮你，1、2、3，2+1=3。"我抓起一支铅笔，"这里，我们把答案写下来。"

这无疑是一场战争。她的动作实在太灵巧，我一个不注意，考卷掉在地上，趁着我捡考卷时，她把铅笔丢得老远，而我得一手控制她的身体和十指，一手忙着捡东西。她非常善于打这种战争，于是一番挣扎之后，我放弃了。

"总归一句话，你就是不做数学对吗？好，那你坐好。我告诉你，这里的每个人都得做功课。我们无须为此对抗，你想坐下就坐下吧！"我把她拉到平时处罚学生的角落处，抓了张椅子让她坐在那里，然后回去照顾其他学生。

几分钟后，我抬起头看："席拉，如果你想加入我们，你可以过来。"

她坐在那里，脸对着墙壁，一动也不动。过了几分钟，我又重复了一次，结果还是一样，显然她是摆明了要和我唱反调。我走过去，连人带椅子把她由角落拉到教室中央，然后回去照顾其他学生。她想坐就随她吧，但是我不可能让她孤立自己。

我们一如往常地进行早晨的工作，席拉一样也没加入。她只要一坐上木椅，便将下颚顶着双膝，然后一动也不动，只有要上厕所时才会离开那张椅子。我从未见过这种不动如山的孩子。唯一例外的是，她那双忧愁、愤怒又苦涩的双眼，却未曾有片刻离开过我。

午餐时间，安东带领着孩子们去了餐室，我把席拉从队伍中拉出来，让其他的孩子先走。我低头看着她，她正好也抬头望着我。就在这一刻，我在她那双闪动的眼中看到的不是怨恨和愤怒，而是一种恐惧。

"过来，"我将她拉到桌旁的小椅子上让她与我相对而坐，"我们俩必须把话说清楚。"她怒瞪着我，瘦削的双肩充满了防御。

"这间教室里有许多规矩，除非我们需要在特别的时刻制定特别的规则，否则通常只有两条而已。一是你不可以在这里伤害任何人，其他人也不可以。二是你必须努力完成你分内的工作。我想，这是你到现在还不清楚的地方。"

她稍稍低下头，双眼仍然紧盯着我不放。

"譬如，开口说话便是你在这里的工作之一。我知道这对你很难，因为你还不习惯，但却是你在这里的重要工作。总之，你得开口说话，而且越快越好，明白吗？"

我们就这样僵硬冰冷且无语地对峙着。几分钟之后，我从椅子上站起来，去收取数学考卷。

"你不可能逼我说话的。"她说。

我继续我的工作，身为好老师的条件之一便是懂得把握时机。

"我说你不可能逼我说话的，你绝对没有办法的。"我听到这话，抬头望着她。

"你不可能逼我的。"

"不，我不能。"我微微一笑，"可是你会说的，那是你在这里的工作之一。"

"我不喜欢你。"

"你不一定要喜欢我呀！"

"我恨你！"我没有回应，只是继续我未完的工作。

"你无法逼我在这里做任何事的，你无法逼我说话。"

"或许吧，"我停下手边的工作，"我们要去吃午饭吗？"我把手伸向她，她的表情变得更复杂了。她自顾自地下了椅子和我一起走，但是小心翼翼地避免碰到我。

第 3 章

拒绝被爱

她的世界是一个令人没有信赖感的世界，她也只能
用她唯一知道的方式来应对这样的世界。

把席拉带到午餐室之后，我回到办公室查看席拉的档案资料。我想知道在她来此之前，其他的人对她做了哪些辅导。从这段短时间的接触，我知道席拉没有班上其他孩子的那些毛病，相对地，她总是将自己的行为控制得很好。在那双充满恨意的眼睛后面，我看到的是一个敏锐且聪明的小女孩，复杂的环境使她长成如今的个性。但是，我想知道的是，之前的人员都做了什么努力。

席拉的资料实在少得可怜。不像其他的孩子总有厚厚的一叠档案资料，席拉的只是寥寥几页：一页家庭背景资料、一些测试结果以及一份特别辅导的标准资料。我翻到社工人员所做的家庭调查那一页，里面详细的描述简直令我无法理解。

席拉和她的父亲共住在一间窄小简陋的木板房间里，这个小房间没有暖气，没有水，也没有电。她的母亲在两年前带走她的弟弟，却抛弃了她。当席拉出生时，她的母亲才14岁，两个月后被迫嫁给那年已30岁的席拉的父亲。我简直不敢相信这一切。这位母亲现在算起来也不过20岁，自己都还是个孩子呢。

在席拉还小的时候，她的父亲因强暴殴打罪一直待在狱中，虽然在两年半前假释出狱，却还得到州立医院接受戒酒和戒毒的治疗。席拉只得辗转寄宿于母亲的亲戚朋友家中，直到最后被抛弃于高速公路的围墙下。当时的席拉只有4岁，被带到青少年中心后，工作人员才发现她身上满是被虐待所留下的伤痕。政府于是解除了她父亲对她的监护权，指派一位儿童保护工作者来处理这个案子。

报告里的资料对我似乎没有什么用处。法院觉得她应该留在自己的家庭中。医生们认为她除了营养不良外，一切都很健康。心理医生更只有一句评语：慢性失调的童年。至于测试结果则更模糊，只下了个结语："她无法被测试。"

特殊辅导标准资料也只是些人口统计信息而已。席拉的父亲这些年一直于牢狱里进进出出。她出生的时候没有什么并发症，此外，便很少有人知道她幼时的成长过程了。虽然年纪这么小，但是席拉已经因为无法控制的行为转了三所学校。根据报告，她在家中吃得少睡得也少。没有朋友，也没有固定关系的成人照顾。连她父亲都说她对他也是不理会，粗野，而且很不友善。她只有生气的时候才会开口说话，可是从来都不哭。

从来不哭？我实在不相信一个 6 岁的小孩不哭，这一定是写错了吧，应该是很少哭才对。

她的父亲认为她过于任性，因而经常惩戒她。除了报上的那则放火新闻之外，她还在其他地方放过火。才 6 岁半的年纪，席拉已经被警察逮捕三次了。种种现象显示席拉是个不容易被爱的孩子，因为她一直拒绝被爱，同时也会是个难以教导的孩子，但这并不意味着她就是无可救药。

撇开她的外在行为不谈，她是个智力相当健全的孩子，而这也正是我难以克服的地方，因为我对她的了解也仅止于外在行为而已。她不像其他的孩子都有某方面的症状，至少如此还会较易于着手管理教导。在她那双充满敌意的深沉双眼背后，这孩子早已深刻领悟了生命的苦难，而要免于遭受更深排斥的最好方法就是先去排斥他人。

正当我在仔细查看席拉档案时，安东进来了。他拉了一张椅子在我身边坐下，顺手拿起我看过的档案浏览一番。安东和这些孩子们相处得很好。由于他本身过去的种种不幸遭遇，使得他对这些不幸的孩子不至于感到不知所措，同时也弥补了我许多方面的不足，成为我的得力助手。现在他就坐在我的旁边，专心地看着席拉的档案。

"她午餐表现得如何？"

他头也不抬地点着头："还好。她吃东西的样子好像从来没有见过食物一样，还有，吃相太难看了。可是她和其他小朋友坐在一起，也没有吵闹。"

惠妮走了进来，倚身靠在桌子上。她真是个漂亮的女孩子。虽然她是初一的优秀生，而且家世显赫，但却是个极为害羞的女孩。惠妮从来不敢正眼看我，总是紧张地微笑着，而且很少说话。唯一开口的时候是在批评她自己的工作，或是为任何做错的事道歉。在对待小朋友方面，她非常地笨拙，忘东忘西、丢三落四的，无法将孩子周全地照顾好。要不是当初我急需助手的话，我是不可能录用她的。

在刚开始那几周，我得一而再地向她解释，在她身后帮她善后，还得安慰她"别担心"。虽然我不是有意的，但是她每次都会为了这种无心之语而哭泣。可是跟安东一样，惠妮却甘愿受这些苦，因为他们都非常关心孩子。惠妮甚至会跷课来帮忙，学校午餐时间和放学后也会过来和我们相聚，还从家中带玩具来给小朋友玩。虽然她很少谈及学校以外的生活情形，但我猜想，在某些方面或许她也比这些孩子好不到哪里去吧！这也是我包容她、尽量让她感到是我们团队一员的原因。因为她本来就是。

"你说服新来的小女生了吗？"惠妮问道，她的上半身俯在桌面，长发正好遮住了我在阅读的资料。

"是的。"我说，还提到午餐前我和席拉之间的一段对话。就在此时，我听到了一阵尖叫声。

泰勒冲了进来，哭得非常伤心，含含糊糊又呜咽啜泣着说了一串话，然后转身就跑掉了。

我们三个人赶紧追着她冲向教室。泰勒边跑边哭边向我们投诉什么眼睛和新来的女生之类的，接着我便来到一间早已乱成一团的房间。

席拉旁若无人地站在水族箱旁的椅子上。她将金鱼一条条地抓出来，然后用一支铅笔把金鱼的眼睛一个个地给戳出来。椅子四周的地板上有七八条金鱼正在做垂死的挣扎，而且每条鱼的眼睛都已经被毁了。此时，席拉的右手正紧紧地握住一条金鱼，左手则握住一支铅笔，一身充满威胁的姿势。一位午餐助手在一旁惊慌失措，硬是不敢上前去阻止席拉。

"住手！"我以最具权威的声音喊道。席拉注视着我，刻意地挥了挥手上的铅笔。我绝对相信她若被惹毛的话，铁定会发动攻击，因为她的眼神就像是未经驯服的动物一样。此时的地板上，只能用鱼尸遍野来形容了。

突然间，空气中传来一阵尖叫声。对血或其他任何红色液体患有精神分裂恐惧症的苏珊娜走进来，看到了这些鱼，拔腿便奔出房间。安东紧跟在后面追了出去。我则趁此不可多得之时，出其不意地把席拉抱了下来，而她也不甘示弱地将铅笔刺入我的手臂。我的心思此刻已无心理会疼痛了。现在，弗莱迪和马克斯在房间里不停地绕着圈子跑；泰勒痛哭不止；盖里莫躲到桌子底下；威廉站在角落处哭泣。惠妮又无力让马克斯和弗莱迪停下来，混乱的程度早已超过常人所能忍受的范围。

"桃莉！"威廉的哭喊声传了过来，"彼德发作了！"我转身看见彼德不支倒地。留下席拉和惠妮，我跑过去将彼德身边的椅子拉开。

席拉趁此混乱时刻，狠狠地踩了惠妮一脚，然后转身一溜烟地就不见了。我俯身照顾彼德之际，意识到自己身上的压力竟如此之大。这一切只有短短的几分钟而已，却已将我们长久辛苦维持的游戏规则毁于一旦。除了彼德之外，所有的孩子都哭成一团。我抬头环顾四周，惠妮早已追席拉去了，而那位午餐助手也早就不见人影，只剩下这一片惨不忍睹的"杀戮战场"。数月辛苦经营的结果，转眼之间全化成无尽的飞絮从空中飘落。

科林斯先生及学校的秘书同时出现在走廊上。若是在平常让他们看见班上这幅混乱景象，会令我感到很恐慌，可是现在我已经顾虑不了那么多了，因为我急需帮手。这么多年以来，我们的关系一直是我把我那些疯狂学生管好，那么他也就不对我多加干涉。可是现在我不行了，一切都如当初所预期的一样失去了控制。我知道此刻他心中一定很感谢上苍让自己做了正确的安排——把我们放在别人看不到的地方。

秘书把彼德带到医务室等着将他送回家，因为他在经过那场大发作之后，需要好好地睡一觉。科林斯先生帮我阻止了弗莱迪和马克斯，让他们安静地坐在椅子上。我则把盖里莫从桌子下面拉出来并抱着他，这些声音对他来说必定是相当恐怖的，因为他看不见。安东仍试着安抚苏珊娜。等我们得到一定程度的控制之后，泰勒和莎拉也愿意在讨论会的角落坐下来安慰彼此，只剩威廉还在不停地呜咽啜泣。科林斯先生极尽所能地想安慰他，可是又不愿去拥抱他。我们将那些金鱼尸体收拾干净。最后，一切终于恢复原先的秩序，孩子们的哭声也渐渐降低。惠妮和席拉还没回来，只是此刻我也没时间去想那么多了。

科林斯先生很体贴地没有问发生了什么事，只是一个劲地依照我的指示做事，但是他的表情令人无法解读。当我将孩子们都安顿好之后，在门口我向他致谢，并问他是否可以派玛莉过来协助我，去年一整年她都是我的专业助手，应该会驾轻就熟的，有她的帮忙，可以让事情更井然有序。

玛莉过来帮忙之后，我便出去找席拉。由于她对学校大楼不熟悉，乱冲乱撞下跑到体育馆，而惠妮也干脆就守在门口不让她出来，惠妮就这样站在空旷巨大的体育馆门口。看到惠妮那双充满泪水的眼睛，我的心一阵绞痛。这对一个 14 岁的小女孩而言，实在是太重的负担了。我不该让她面对如此局面的，只是两个大人又应付不了那些失调的孩子。或许我过去一直非常幸运，现在不得不面对残酷的事实。

进入体育馆，我拍了拍惠妮的肩膀，然后朝席拉走过去。显然，她是不想被逮到的，她的双眼凶恶野蛮，脸上充满恐惧的神色。每次只要我一靠近，她就迅速地闪到另一个方向。我轻声细语，慢慢地向她移动过去。但根本没有用，她永远都有办法逃走，因为这间体育馆实在太大了。

停下脚步，我看看四周，脑海中拼命地思索着办法，我必须抓到她才行。她的双眼透露出无法隐藏的恐慌，这一切已超出她的自我控制底线，此时她的反应完全是失去人性的动物本能反应。此刻的她远比在房间中残杀金鱼时还要危险，不但会伤害自己，也会伤害他人。

我想不出该如何是好，简直是一个头两个大。被铅笔刺到的手臂正隐隐作痛，血液早已染透了我的衬衫袖子。如果任何人想靠近她，或者干脆将她困在一个小角落中，无疑地只会令她更恐惧和愤怒。她需要的是放松自己，并重新寻回对自己的控制。根据我以往的经验，目前她的姿势可说是十足地具有威胁性，如果不是对我，那么便是对她自己了。

我走回惠妮身边，要她回教室去告诉安东，请他尽量协助玛莉。然后，我把体育馆的大门关上，拉上笨重的隔板将房间隔成两半，决意不让席拉再逃走。就在这样的隔离下，我尽可能地靠近席拉，然后坐下来。

我们就这样彼此对峙地互瞪着对方，她的眼中充满了强烈的恐惧。我可以看得出来，她正在发抖。

"我不会伤害你的，席拉。我不会伤害你的。我只是要等你平静一些，不再那么害怕的时候，再和我一起回教室去。我没有在生气，我不会伤害你的。"

几分钟过去，我将椅子稍稍向前挪动。她盯着我，恐惧的颤抖已淹没她的全身，瘦削的双肩不停地抖着。但是，她还是一动也不动。

我原本对她是非常火大的。看到我们心爱的金鱼一条条陈尸地板，眼睛全都被残忍地戳掉时，我简直快气疯了。可是，现在我的气已经消了。看到她这个模样，只有怜悯，我怎么忍心苛责她呢？她是如此的勇敢。虽然极度害怕、疲累和不舒服，她仍不愿屈服。她的世界是一个令人没有信赖感的世界，她也只能用她唯一知道的方式来应对这样的世界。我们彼此并不认识，谁又能保证我真的不会去伤害到她呢？再者，她又凭什么要相信我呢？

我再往前靠近几步，然后我们就这样彼此僵持了至少半个小时。我们之间的距离不到3米，她对我的不断逼近抱着一种猜疑警戒的态度。我停下脚步，以非常柔和的语气对她说，我不会伤害她，只是要带她回教室而已，不会有什么事情发生的。

时间慢慢流逝。我开始因久坐不动而感到全身酸痛，她则因僵立过久而双腿不停颤抖，这场僵持变成了一种耐力的考验。我们两人就卡在这3米之距的永恒之中。

紧张沉默的等待。她眼神中的狂野正逐渐退去，取而代之的是掩藏不住的疲惫神情。我不知道现在是什么时间了，又不敢低头看手表，紧张的气氛有如一道无形的屏障将我们沉默地隔离。

她身上那件连身牛仔裤上布满污渍，同时在她的双脚下出现了一摊尿液。她低头望着那摊尿液，第一次将眼光调离我的身上。她紧咬着下唇，抬眼望我之际，眼神充满了无端的恐惧。

"意外总是难免的嘛。你又没有时间可以去上厕所，所以这不是你的错。"我说。我感到吃惊的是，在教室中行为那么残忍的小女孩，竟为了这件事而难过懊悔。

"我们可以把它清理干净，"我提议道，"我在教室里有一些拖把，是为了防备这类事情发生时可以派上用场。"

她又低头看了看，再抬头望着我。我仍旧保持沉默。她小心翼翼地退后一步以便能看清楚状况。

"你会鞭打我吗？"她声音嘶哑地问道。

"不，我不会鞭打小孩的。"

她的眉头深深地锁了起来。

"我会帮你打扫干净的。我们不要告诉任何人，这会是我们俩的秘密，因为我知道这纯粹是意外。"

"我不是故意的。"

"我知道。"

"你会鞭打我吗？"

我有些愤怒："不，席拉，我不会鞭打孩子的。我已经告诉过你了。"

她看了看自己的连身牛仔裤："要是我爸看到我这个样子，一定会狠狠地抽我一顿。"

"我们可以处理这件事的，别担心。现在离放学还有一段时间，到时候衣服就会干了。"

我站起来，她则警戒地向后退了一步。我向她伸出一只手："来吧，我们去找些东西把它清理干净，别担心。"

有好长的时间，她就只是注视着我，然后谨慎小心地向我走过来。她不让我牵她的手，但和我一同走回教室。

我们静静地来到教室，我示意安东、惠妮及玛莉继续他们的工作。席拉从我的手上接过拖把和水桶，然后我们回到体育馆中默默地将地板清理干净。之后，她便随我回到教室。

令人意外的是，接下来的整个下午她都很安静，孩子们的不安情绪也得到了控制。席拉又缩回到她早上的那张椅子上，蜷缩着身体，吸着大拇指，整个下午就这样一动也不动地盯着我们。在指导过所有的孩子之后，我来到席拉身边。

坐在她椅子旁边的地板上，我抬头望着她。她满脸严肃地看着我，嘴里仍含着她的大拇指。这整个下午也够她累的了。我无意去碰触她，不想因过度亲密而吓到她，但我要她知道我非常在乎她。

"这个下午有些不好过，对不对？"我说。她没有回答，只是一个劲地瞪着我。"明天情况就会好转的，我想。刚开始的几天总是比较困难。"我试着去分析她的眼神，想了解她心中在想些什么，却什么也看不到。

"你的裤子干了没呢？"

她伸直身体站了起来，检查着她的裤子，已经干得差不多了，只是衣服上同时留下了清晰的轮廓。她轻轻地点了点头。

"是不是这样，你就不会惹上麻烦了呢？"

她又再次微微地点了点头。

"我希望如此。每个人都难免会有意外的。那真的不是你的错，你当时并没有机会可以上厕所。"其实为了防范类似的事件发生，我一直都额外准备一些备用衣服，之所以没有向她提起，是怕如此的亲近会吓着她。可是我必须让她了解，这类事情在这里是可以被理解和接受的。

大拇指在她的口中转动，同时她撇开脸去看着安东，一副不在乎我说些什么的样子。我则一直待在她身边，直到放学。

在送走所有的孩子之后，安东和我默默地整理教室。我们都不再提及今天所发生的事，也没有多说些什么。这一天对我们两人而言都是非常不好受的一天。

忙完学校的事情回家之后，我将手臂上的铅笔伤口清洗干净，贴上一块绷带，然后躺在床上，悲伤地痛哭起来。

第  章

摧毁力

每次我的眼光只要离开她几秒钟，她便会摧毁某样东西：她的作业、其他小朋友的作业、告示板、布告栏……任何东西。

有一次，她还把所有小朋友的外套都塞到马桶中。

另外一次是将地下室灌满了水。

不论我是否愿意承认，我班级中的每一天都是一项项挑战，不只是对我的学生，同时也是对我自己。为了适应这些幼小的孩子，我在许多方面关闭了自己的感情，因为我发觉不这么做的话，我会变得过于沮丧、过于震惊、过于幻灭，而无法有效地运作。我的日子只是一味地将自己的恐惧封锁在角落中。这个方法只对我一个人有效，而每隔一段时间便会有个小孩子将之摧毁掉。然后那些我努力试着要逃避的不确定、挫折和不安，便随之全部涌出来，而我也

变得脆弱而不堪一击。

基本上，我根本就是一个梦想家。看不见现实的状况，只是一味地梦想一些不实际的事，梦想着事情会有所转变，而这些梦想往往会无疾而终。

这一次也不例外。流了一阵子眼泪之后，我便睡着了。不一会儿我醒了过来，给自己弄了份鲔鱼三明治，然后打开电视观看我喜欢的节目。我已有好几年的时间未曾看过电视，自从慢慢适应了学校的工作之后，看电视便成为我分割工作与休闲的界线。在这段时间里，我可以将学校的所有问题和沮丧全部抛诸脑后。至于感情出奇平淡的史波克先生，也就成为我工作之余的最佳马汀尼（一种鸡尾酒）了。

在查德·史波克于7点抵达之前，我已完全恢复正常。查德和我在过去的一年半中经常碰面，一开始都是处于典型的交往关系：共进晚餐、看电影、跳舞以及不着边际地聊天。总之，由于我们两人都不适于这类的感情，于是便发展出一种温暖、舒适的朋友关系。查德是位法庭的指定律师，因此我们两人最常讨论的话题总是围绕着我的学生和他的当事人。我告诉查德有关席拉的事。这个孩子还是一个未开化的孩子，而我自认没有能力可以来教化她，所以州立医院的收容单位能够越早独立越好。

查德笑了笑，建议我不妨打电话给席拉的前一任老师。这个提议给了我一丝的希望，于是我从电话簿中找到号码。

"哦，天啊！"一听到我的身份以及我打电话的原因之后，她大叫出来，"我还以为他们已经把她送走了呢！"

我向她解释之所以没有送走她是因为州立医院尚未成立收容单位。当问及席拉以前在她班上的情况时，我听到一种无奈的声音。

"我这辈子从未见过这样的小孩子。摧毁力，哦，我的天，每次我的眼光只要离开她几秒钟，她便会摧毁某样东西：她的作业、其他小朋友的作业、告示板、布告栏……任何东西。有一次，她还把所有小朋友的外套都塞到马桶中。另外一次是将地下室灌满了水。"

她叹了口气："我用尽一切方法来阻止她，她总是有办法在你还来不及看之前便把她的作业给撕坏了。于是我将她的作业改用薄板制作，让她无法撕毁，结果你知道她做了什么伟大的事吗？她将那片薄板塞进空调系统，害我们足足有三天生活在摄氏 35 度高温却没有冷气可吹的环境之中。"

她一件接着一件地讲个不停。一开始的时候，语气相当地急促，好似没有机会可以让她一吐自身经历的那场混乱体验。慢慢地，她的声音缓和了下来。撇开这些令人头痛的事不谈，她还是蛮喜欢席拉的。这孩子看起来是如此脆弱，却又如此勇敢。她努力地想将席拉导向正确的方向，但却心有余而力不足。席拉拒绝和她说话、拒绝被碰触、拒绝接受帮助、拒绝他人的喜欢。一开始这位老师还会很温和地对待她，想要影响她，介绍她参与特殊的活动，给她额外的关怀。学校的心理医生还为了鼓励她的良好行为而设计种种的奖励方式。可是席拉却完全不理睬这一切，决心和大家唱反调。

在苦思不得其解的情况下，巴舍里太太只好采取惩罚的手段，但这种方式根本不管用。最后，巴舍里太太放弃了。为了这个孩子而忽略班上其他同学受教育的机会是不公平的。因此她只好放任席拉随心所欲地待在教室中，只要不影响上课的进度就好。她还是不说话、不做作业、不参与任何班上的活动。后来因为 11 月那件事的影响，在家长群起表达强烈抗议之下，席拉遭到"立即退学"的处分。

电话那端的声音听起来是如此的伤感和悲观，巴舍里太太为自己曾经做得太少而懊悔不已。没有人知道席拉是否懂得基础的字母或数字，巴舍里太太不得不承认对她一无所知。她还祝我好运，并期望州立医院的收容单位早日成立，然后她便挂上了电话。

听完这些故事后，我的心情再度沮丧起来，因为我不知道还有什么方法是没试过的。班上还有 8 名孩子，我实在也没有太多的时间能和她做一对一的沟通。和查德讨论的结果是根本就没有结果，只有一切看着办了。

第二天早晨上课之前，安东和我坐下来讨论我们的课程活动。显然昨天的事是不允许再度重演的，其他的孩子也无法再承受这样的经历。某些意外对班上而言是有益的，因为那正好可以当作错误的示范，可是昨日的混乱现象却是我们无力应对的。

在课程开始 15 分钟后，社工人员把席拉拖了进来。她解释因为只有高中的校车经过席拉的家，因此席拉必须每天提早半小时搭校车，放学后两个小时才有校车可以坐回家。我莫名惊讶。首先，我觉得席拉的身材根本不适合与一群高中学生挤校车，实际上我基本对任何校车都极端不信任。其次，在放学后的这两个小时，我该如何安置她呢？单单这两点就足以令我吓出一身冷汗来了。

那位社工人员茫然地微笑着。他们之所以会采取这个办法，是因为学校区域既然有专车可供使用，那么他们就不愿支付额外的交通费用，因此无可避免地，席拉得待在学校中等校车。当社工人员将席拉的手交给我后，她便转身离去。我俯身看着席拉，感到昨日的忧虑全都一股脑儿涌了上来。她瞪着又圆又充满警戒的眼睛看着我。我微弱地笑笑："早安，席拉。很高兴你今天又和我们在一起。"

在其他孩子陆续到校前的几分钟，我把席拉带到课桌前并拉了张椅子让她坐下。这次她倒是没有反抗。"听着，"我说，在她的身旁坐下，"我们先了解一下今天的活动，免得昨天的情况再度发生。那对我来说可是一点都不好玩，我想对你也一样。"

她皱起了眉头，一副纳闷的模样。

"我不知道你以前的学校令你有何感受，但我要你知道这里的一切规则。昨天，我想或许我们有些吓到你，因为你毕竟不认识我们这里的任何人，而且那也不是我想发生的事情。所以，我现在得先和你讲清楚。"

　　她开始将自己缩在椅子上。我注意到她仍穿着昨天那件连身牛仔裤和 T 恤，可见从昨天到现在都未曾洗澡，而且身上的味道也难闻无比。

　　"我不会伤害你。我不会在这里伤害孩子。安东不会，惠妮不会，任何其他人都不会。你不需要怕我们的。"

　　她又吸吮着她的拇指。她似乎很怕我，看起来又是如此的瘦小脆弱，使我难以想象她昨日那个模样。"你要不要坐在我的大腿上，这样我们比较好说话呢？"

　　她轻轻地摇了摇头。

　　"好，现在来谈谈我们的计划。我要你加入我们的活动，你所要做的就是和我们坐在一起。安东、惠妮或者我会帮助你，直到你适应情况为止。"我继续向她解释今天所有的课程安排。我告诉她，如果她不想参与，没有关系，但是她得和我们在一起。不论是她自愿还是由我们其中一人来帮她，她都得加入我们的阵容，没有其他选择。

　　"而且，"我准备结束谈话，"有时候当事情失控的时候，我们会要求你到那个安静的角落去，你必须坐在那里直到我们认为你已恢复理智后才会让你回来坐好。你就乖乖坐着，就是那么简单，明白了吗？"

　　就算她真的明白，她也不会让我知道的。此时其他小朋友已陆续出现，我起身拍拍她的背，然后去和其他的小朋友打招呼。到了早晨讨论会的时候，席拉仍然坐在那张椅子上。我指了指身边的地板：“席拉，请你到这里来，这样我们才能开始讨论。”

她一动也不动。我重复了一次，她却依然不动。我可以感受到胃正在紧缩。她一边吸着手指，一边用那双大眼睛注视着我。我看着安东：“安东，你协助一下席拉好吗？”

一看到安东逼近，席拉一个闪身跳下椅子。她结结实实地撞在门上，因为她不晓得门早已闩上了。

“桃莉，叫她停下来。”彼德忧心地说。其他孩子则看着安东一圈又一圈地追着席拉。最后安东出其不意地用桌子将席拉困住，两人的距离刚好让他可以抓到席拉。

第一次她放声尖叫，尖叫声音之大令我们所有人都吃了一惊。苏珊娜不禁哭了起来，其他的孩子则恐惧得说不出话来。安东终于将席拉制伏在地上，我仍坐着并指着原先那个位置。我协助安东将她推到座位上。她仍不放弃地尖叫着，一种没有眼泪的嘶哑干嚎，但仍乖乖地坐着。

“好了，”我强装镇定地说，“谁有主题呢？”

“我有，”威廉拉高嗓门说道，“这种事情是不是就会一直这样下去呢？”他褐黑色的眼中充满了恐惧，“会不会一直都是这样呢？”

所有孩子都焦虑地看着我。这种情况已非第一次发生，我当然知道我工作的难处，其实我又何尝不是和他们一样害怕呢？不过，相处四个月来，我们都知道彼此的差异和问题，而席拉便是我们的一个难题。就算她愿意保持安静且合作，但光是因为她是新加入者，就已经对我们既有的基础和秩序造成很大的考验了。

结果席拉就成了当天的主题。我尽可能地解释着席拉正努力在调整适应中，而且和我们所有人一样都有一段艰难的时期。她需要我们的耐心和体谅。

席拉并非对我们完全不理不睬，她的尖叫声逐渐消失。只要我们的对话没有中断，或没有人去注意她，她就会安静下来。我让孩子们提出问题，并表达他们的恐惧和不快，我则尽力地诚实相对。除了彼德之外，所有的孩子都不好意思当着席拉的面批评她。彼德的批评基本上和前一天并没有什么不同。

接着我们开始讨论，在席拉调适的这段时间，我们该如何面对眼前的种种不便。大家七嘴八舌各抒己见，只有盖里莫的感受较为特殊。他认为下次席拉尖叫时，应该大家轮流坐到她身边陪伴她，如此她才不会觉得寂寞。我倒觉得他其实是在反映自己的处境而非席拉的。

最后我们达成一致的决定，下次当席拉想以尖叫引起大家的注意时，其他的孩子应继续进行各自的功课，尤其马克斯、弗莱迪和苏珊娜要更加注意。我告诉他们，到本周结束时，如果大家都很合作，我便请他们吃冰淇淋，大家听了都雀跃不已。我低头看着席拉，她仍强装出生气的模样。"你喜欢冰淇淋吗？"

她抗拒地垂下眼睑。

"我想你会想吃一些的，不是吗？你喜欢冰淇淋吗？"

她非常谨慎小心地点了点头。

席拉在上数学课时就变得合作多了，那个早上我们就这样平安地度过了。我不敢让前一天中午的事情再次发生，并不只是因为我不想看到昨天下午那场大灾难重演，更因为午餐助手们一致表明不愿再照顾席拉，所以我只好带着我的午餐和孩子们一起吃。

我坐在席拉旁边的长凳上用餐，安东也加入我们的行列。席拉吃起东西来简直是狼吞虎咽，她的用餐礼仪令人不敢恭维，但叉子却用得相当顺手，这倒是其他孩子所不能及的。午餐用完，我带着她回到教室，让她坐在椅子上，趁着其他小朋友还在玩耍，抓过来一些纸。席拉又一如继往地坐在椅子上，吸吮手指，注视着我。

整个下午她都配合着规定行动，但只要一有机会，她便会回到那张椅子上。虽然她的情绪已明显稳定下来，但我还是没有对她提出任何问题。她似乎有些过度地惧怕我，这点令我百思不得其解，但也不想逼她。

在所有的小孩都放学离去后，教室中就只剩下席拉、安东和我三个人。放学后的两个小时是我准备明天教材的时间，但是我心中又想着，或许开头这几天我可以利用这两小时的时间来进一步认识席拉。她仍坐在她的位子上，甚至当其他小孩穿上外套准备回家时，她还是没有站起来。我走到桌子前，在她对面坐了下来。她注视着我，眼神显得疲惫。"你今天表现得很好，小朋友。我非常喜欢那样子。"

她转开她的脸。

我注视着她。在一身脏皱的衣服之下，其实藏着一个非常漂亮的孩子。她的四肢修长且漂亮。我真的很希望抱抱她，将她放到我的大腿上，驱走她眼神中所流露出来的痛苦。可是我们仍然隔着一张桌子，而这张桌子的距离却有如天涯之遥。即使我是如此靠近她，她还是不愿正视我的眼睛。

"我是不是吓着你了，席拉？"我柔声问道，"如果真是那样，我绝不是有意的。来到这所新学校，和我们这些你完全不认识的人在一起，一定非常可怕。我知道你一定感到非常害怕，可是我也很害怕呀。"她用手遮住脸，不想看我。

"你要不要在等车的这段时间里听我念故事给你听呢？"她摇了摇头。

"好吧，我要去另一张桌子边，准备明天的课程。如果你改变心意的话，我还是很乐意为你念故事的。或者，你可以玩玩具或做些其他什么事情。"然后我站了起来。

等我坐定开始工作后，她把手放了下来，转身向着我，不停地打量我。我有几次抬头看看她，只是仍得不到什么回应。

第 5 章

天资聪慧

这个小魔鬼，我心中暗叫着。不论过去这几年中她寄身何处，不论她学了些什么，她的天分比起同年龄的孩子要好上许多。我的心因为自己有可能独得一个天资聪慧的孩子而狂跳不已。

第二天，我决定是该让席拉参与的时候了。安东将席拉由车站接到教室来，她脱下外套便笔直走到她的专属座位。我跟了过去并坐下，向她解释今天她要做的一些事情。我们一起看过今日的课程表后，我告诉她希望她能像前一天那样参与我们的每一项活动，同时希望她在数学课的时候能够做一些数学题目，还说希望她协助我们制作巧克力香蕉。

在我说话的时候她一直看着我，眼中仍然充满着不信任。我问她是否明白我的意思，她没有回答。

在早晨的讨论中，席拉依照我的意思加入我们的活动。她就坐在我的脚边，但什么事也不做。数学课则是另外一番景象了。我需要利用一些教材来让大家做简单的算术运算。于是我拿出一些小木砖，并要求她过来到我身边。她仍然坐在早上讨论会的那个位子上一动也不动。

"席拉，请你到这里来。"我指了指一张椅子，那是她很喜欢的一张椅子。

"快点。"

她仍然一动也不动。安东开始小心翼翼地靠过去要抓她，我也渐渐地靠过去。她则一个箭步跳起来逃走，因识破我们的行动而感到万分惊恐。她一边飞奔一边打乱同学们的书本。可是安东很快就抓到她，我将她由安东手中接过来。

"甜心，当我们靠近你时，我们不会对你怎样的。你难道还不明白吗？"我坐了下来，紧紧抱着她不让她挣扎，听着她混杂着恐惧的呼吸声。

席拉又开始尖叫起来，叫得脸红脖子粗的，但没有哭。我将她抱坐在我的大腿上，顺手抓出一些小木砖。在等待席拉平静下来之际，我将这些小木砖均匀地排成一列。

"来，我要你数一些小木砖给我看。"

她叫嚷得更大声了。

"来，数 3 个给我看。"我对她说。她努力地想要挣脱我的怀抱。

"我来帮你。1、2、3。现在换你来试试。"

出乎我意料，席拉迅雷不及掩耳地抓起1个小木砖朝对面丢去。紧接着她又抓起1个，这次不偏不倚地打中了泰勒的前额。泰勒一阵惊讶后不禁放声大哭起来。

我紧紧扣住席拉的手臂，站起来，将她抱到保持安静的角落去："在这里是不准有那样的行为的。在这里是不可以伤害任何人的。我要你好好坐在这里，直到你平静下来并愿意回来继续你的功课为止。"我交代安东看着她。

然后，我丢下她去照顾其他的孩子和泰勒，任由席拉在一旁呼天抢地地嚎叫，又是踢墙壁又是摇椅子的。安东在她身旁不发一语，只是紧紧地将她扣坐在椅子上。

整堂数学课，席拉就这样无休止地瞎闹着。到自由活动时间过了一半之后，她踢累了也闹累了，于是我走了过去。

"你准备要和我一起做数学题目了吗？"我问。

她抬头望着我，又愤怒无语地尖声大叫。我示意安东去照顾其他的孩子。

"如果你已准备好要做数学题的话，那你就自己过来，否则你就得待在座位上。"说完我便转身离开。

孤单的感觉吓到了她，她停止了吵闹。当她意识到安东和我都不再理会她时，她站了起来。

"你准备好要做数学题了吗？"我一边帮着彼德堆高速公路的积

木，一边问道。

听到我的问题，她的脸色沉了下来。

"不！不！不！不！"

"那就回去坐好。"

她突如其来的愤怒尖锐叫声使得大家都停了下来，可是她仍然停留在椅子外面。

"我说坐下，席拉。在你没有准备要做数学题之前，不可以离开你的位子。"

她尖锐的叫声似乎持续了有一个世纪之久，令我头痛不已。然后，突然间一切都变得如此安静，她则用充满怒火的双眼瞪视着我。如此明显的仇恨几乎将我所仅有的一点自信都要摧毁了。

"坐到那张椅子上，席拉。"

她坐了下来，把椅子转了一圈以便能够看着我，接着她又开始尖叫起来。我深深地叹了一口气，一口松懈的气。

这堂自由活动的课程就在席拉的嘶吼尖叫声中过去。到了休息时间，她怒气未减，嘶吼依旧。最后，安东只得将其他小朋友带到外面休息，我则留在教室里。这个举动更激怒了席拉，使她更变本加厉。但是，闹了这么久，她也累了。到了休息时间结束时，角落已不再传出喧闹声，我的头却有如遭榔头击中一般地隐隐作痛着。

此时，我想她已明白自己的处境了，而我也不再对她多加理会。小朋友陆续进来，个个都被寒冷的天气冻得脸庞红通通的，七嘴八舌地讲着外面好玩的事。接下来的阅读课程没有受到什么干扰，我们都依序坐定，当角落的那张椅子根本就不存在。

到了课程即将结束之际，我感觉到有一股轻微的力量碰触着我的肩膀，我转身看见席拉就站在我的身后。她的脸色中夹杂着忧虑，稚嫩的眼神中透露出小心翼翼的表情。

"你准备要做数学题了吗？"

她紧闭着双唇，片刻后，慢慢地点了点头。

"好，你先去把你刚才丢的小木砖捡回来。"我以一种平常的口吻说，好似这是一件再普通不过的事情。她怯怯地看了看我，然后照着我的话去做。

我们一起坐在地板上，我将小木砖散开来。

"数 3 个小木砖给我看看。"

她谨慎小心地挑出了 3 个小木砖。

"数 10 个给我看看。"10 个小木砖很快地在我面前排成一列。

"好女孩。你对数字相当熟悉，对不对？"

她不安地抬头望着我。

"接下来，我要来点难一些的。数 27 个看看。"只是几秒钟的时间，27 个小木砖便已出现了。

"你会加法吗？"

她没有回答。

"告诉我 2+2，一共是多少个小木砖？"她毫不犹豫地便拿出了

4个。我端详着她好一会儿："那么3+5呢？"她排出了一列8个小木砖。我不知道她是真的知道答案，还是幸运被她蒙对，但显然她了解加法的结构。为了知道她真正的算术能力，我决定来测测她的减法，这可以令我更进一步了解她的程度："告诉我，3个减去1个，剩下几个呢？"

席拉轻轻地抽出了两个。我微微一笑，她根本无须先拿出3个小木砖，再由3个小木砖中抽出一个，她可以直接计算出来。

"那么6个减掉4个呢？"

再一次，两个又很快出现。

"嘿，你非常聪明嘛。可是我现在要给你出一个难题，这次我一定可以把你考倒。告诉我，12个减掉7个，还有多少个呢？"

她抬头看看我，眼神中闪过一丝几乎无法察觉的笑容。1、2、3、4、5，她一个个地往上叠。这个小魔鬼，我心中暗叫着。不论过去这几年中她寄身何处，不论她学了些什么，她的天分比起同年龄的孩子要好上许多。我的心因为自己有可能独得一个天资聪慧的孩子而狂跳不已。

她又继续做了不少的数学题。接下来是阅读的时间，而我在早上便已告诉她，她可以不用参与这项活动。我起身去检查其他的孩子，席拉也跟着我起来，抱着装有那堆小木砖的盒子跟着我的屁股后面寸步不离。

"甜心，"我转身对她说，"你可以把这些木砖放到那边，不用一直抱着它们的。"

席拉似乎想到什么好主意。片刻之后，当我抬起头来时，发现她已坐在她最心爱的那张椅子上，埋首于一堆小木砖中。她不停地忙碌着，只是我看不出来她到底在忙些什么。

午餐之后，她又缩回到她的那张椅子上。可是一到烹饪课的时候，她却显得兴致很高。每个星期三我们都会做一些吃的东西，原因是为鼓励孩子们，或奖励他们的优异表现，再者，烹煮东西可以带来无穷的乐趣。虽然大家手忙脚乱，弄得到处都是巧克力酱，但我们却玩得不亦乐乎。

席拉带着一丝犹豫，加入我们的阵容。手中紧握着一根香蕉，站在一旁看着其他的小朋友兴高采烈地操作着。这次，她没有抗拒，惠妮还在一旁引导她。席拉做得非常投入。我站在桌子的另一端望着她，发现她虽然不说话，可是却非常有创意。到最后，所有的小朋友都停下来看她妙手创造出来的香蕉巧克力点心缀饰。在装饰完最后一盘点心的巧克力酱之后，她小心翼翼地把她的作品举了起来。她转头望着我，嘴角一抹浅浅的微笑渐渐地荡漾开来。

我们就在这场欢笑中结束了这一天的课程，更有意义的是这一切有席拉的加入。安东将孩子们送到站台等校车，我坐下来批改作业，席拉则到浴室中去清洗她脸上残留的巧克力酱。我听到了抽水马桶的声音，知道她出来了，但我仍埋首于作业之中。席拉走到我的桌旁望了我好一会儿，然后又靠近一些，将手肘放在桌子上。我抬头望着她，她仔仔细细地观察着我的表情。

"为什么其他的小孩不会用浴室的厕所呢？"

"呃？"我讶异地往后坐直。

"我说，为什么其他的小孩，那些较大的小孩会拉大便在裤子上却不去厕所呢？"

"哦，那件事情他们还没有学会。"

"为什么呢？他们是大孩子。比我还大。"

"哦，他们就是还没有学会，不过我们会努力的。每个人都努力地在学呀！"

她注意到我桌上的作业："他们现在都应该懂的。如果我也那样的话，我爸会用皮鞭抽我的。"

"每个人都不一样，在这里不会有人被皮鞭抽的。"

她沉思了好一会儿，手指在桌上画圆圈："这是一个疯子班级，对不对？"

"不完全是的，席拉。"

"我爸，他这样说的。他说我是个疯子，所以他们才把我放在一个专收疯小孩的班级，他说这是儿童疯子班。"

"不完全是如此的。"

她皱了好一会儿眉头："我才不在乎呢，这里比任何地方都好。我不在乎这是不是个疯子班级。"

我无言以对，从未想过会和自己的学生讨论这样的问题。席拉抓了抓她的头，笔直地凝视着我："你是疯子吗？"

我不禁大笑起来："我希望不是。"

"你为什么会做这个？"

"什么？在这里工作？因为我喜欢小孩，也喜欢教书。"

"那为什么要教疯小孩呢？"

"我喜欢呀。疯狂并不是坏事，只是不一样而已。"

她严肃地摇了摇头，正经地说："我想你一定也是个疯子。"

第  章

超高智商的天才

意识到席拉异于常人的聪明程度，我不禁担心自己是否有能力可以培养她，尤其是在现在这样的班级中。和席拉同龄的孩子，在图片单词测试中所得的分数最高为99分，转换成智商大约为170，而席拉竟然拿下了102分。

根据统计数字显示，这样的孩子一万个人之中还不到一个。

"席拉，请你到这里来，"我指着身边的一张椅子，"我有一些工作让你做。"

到目前为止，这个早上过得还算顺利。现在她正坐在她最喜欢的椅子上瞪着我看。

"过来，甜心。我要你陪我做些工作。"我从学校心理医生那里借来一份图片单词测验（PPVT），这种测验可以测出一个孩子的词

汇能力。在经过前几天的算术之后，我非常想知道这个失调的孩子的智能程度如何。大部分严重失调的孩子都没有太多的精力来学习知识。

"我们两人要一起做一些事情。"我不得不起身将她抱到我的身旁，"这里，坐下。现在，我要给你看一些照片并且说出单词，然后你要将正确的图片指出来，好吗？你明白我的意思吗？"

她点了点头。我给了她四张图片，要她指出"鞭子"。她仔细地研究好一会儿，又抬头看看我，然后小心谨慎地指了出来。

"好女孩，"我对她微微一笑，"非常正确。现在，把'网'指出来。"

我每念一个词，席拉就会指着一张图片。她一开始有些犹豫，但详细研究了四张图片之后，她便很快下了决心。测了六七次之后，她的脸上浮现出一抹淡淡的微笑，然后抬头望着我。

"这个很简单。"她悄声说，不让他人听见。

她做错了"热水瓶"这道题，这是一个或许在她的世界中从未出现过的东西。一般的孩子大概都是8道题中会做错6道题，可是席拉的水平显然在这个程度之上。我们继续向较难的题目迈进。她考虑的时间稍长，偶尔会做错一两道题。从她焦虑的眼神，我知道她自己清楚做错了哪些题目。

我不禁开始想她的智商应该高于一般人，有可能比一般人更聪明。我们接着进行到以前从未对其他学生测试过的部分，因为我的学生显然都无法达到席拉那样的高分。席拉虽然在这部分错得较多，但还是低于答 8 道题错 6 道题的一般标准。紧张的气氛渐渐凝聚在我们之间，她尽全力地避免犯错，我则为她的凝神感动不已。最后我们进阶到青少年的词汇测试。我注意到她咬着双唇，十指不停地扭绞。

"甜心，你做得非常好！"我说。我没想到她会对这项测试这么重视和投入，我更没想到她真的认得这些字。她抬头望着我，眼中有层薄薄的泪雾，喉头处细嫩的皮肤紧绷着。

"我没有全部做对。"

"哦，没有关系的，甜心。那些词是给大孩子的测验，我们原本就没有期望你会懂得那些词的。我们只是要知道你懂得多少罢了，如果你没有做对也没有关系。你这么努力地做这份测试，我真为你感到骄傲。"

眼泪在她的眼眶中打转。"这些词变得很难，"她低头望着她的手，"一开始它们都是很简单的，可是后面这些实在太难了，有好多我都不懂。"

我的心不禁绞痛起来："过来，席拉。"她抬头望着我，我则倾身将她抱到我的大腿上。在我怀中这个小身体相当地紧绷，身上散发出来的尿酸味直往我鼻中冲。"孩子，我知道你尽了最大的努力，那才是最可贵的。我不在乎你做得对或错，那不重要，因为我相信其他孩子也不会做得比你更好。"

扣除掉错误的部分，我发现她在这项测验上的能力几乎拿下最高分，远超出我曾测试过的其他任何孩子。

"你是怎么认识这些词的呢？"我极度好奇地问道。

她耸了耸肩："我不知道。"

"有些是大孩子的词，我只是不知道你从哪里听来的。"

"我的其他老师，她让我看杂志。有时我会在杂志中读到那些词。"

我低头望着她。她仍然很紧张，身体轻盈得有如一只小鸟。

"你会阅读吗，席拉？"

她点了点头。

"你在哪里学来的呢？"

"我不知道。我一直都在阅读。"

我惊讶地甩甩头。我们到底拥有一个什么样的小精灵呀？意识到席拉异于常人的聪明程度，我不禁担心自己是否有能力可以培养她，尤其是在现在这样的班级中。和席拉同龄的孩子，在图片单词测试中所得的分数最高为 99 分，转换成智商大约为 170。而席拉竟然拿下了 102 分。根据统计数字显示，这样的孩子一万个人之中还不到一个。

午餐之后，我将测试结果拿给安东看，他不敢相信地直摇头。"这一定弄错了。"他喃喃道。

"她从哪里学到这些词汇的呢？她只是运气好罢了，桃莉。游民区中的小孩子是不可能达到这种程度的。"

我自己也不相信，因此，我打了通电话给学校的精神医师亚伦。他不在，于是我留话给他的秘书，说我有个小学生要测试。

接下来的重要步骤是处理席拉的卫生问题。由她每天都穿着同一件连身牛仔裤和 T 恤来上学，可想而知她那身衣服一直都没有洗过。更离谱的是，当我带她去洗脸上的巧克力残渣时，发现她手臂上的污垢一条条地清晰可见，一头长发也在背后打着结。我甚至还检查她头上是否长有头虱或其他的寄生虫。

在送走了其他小朋友之后，我着手准备席拉清洗时所需的一切用具。她仍然坐在那张她心爱的椅子上。我到橱柜中找来了梳子，向学校护士要来了药膏和洗发精，还有前一晚我从超市买来的一小包发夹。

"席拉，过来，"我说，"我有东西要送给你。"

她起身走了过来，眉头带着一股淡薄的兴致，深深锁着。我将那个小包裹递给了她，有好一会儿的时间，她就那样一直握着它，困惑地看着我。我催促她赶快打开。她拿出了小发夹，看看它们又看看我，眉头仍困惑地拧着。

"那是送给你的，甜心。我想我们可以把你的头发梳得很漂亮，然后把夹子夹在上面。就像我这样。"我把我的头发给她看。

她的手指小心翼翼地抚摸着那层塑胶包装纸，深锁的眉头下那双困惑的眼神凝视着我。

"你为什么要这样做？"

"做什么？"

"对我这么好？"

我不敢相信地望着她："因为我喜欢你呀！"

"为什么？我是一个疯小孩，我伤了你的金鱼。为什么你还对我这么好？"

我困惑地微微一笑："我就是想这样呀，席拉。就是这样。我想你或许会喜欢一些让你的头发更漂亮的东西。"

她仍然不停地抚摸着包装纸，用指尖去感受发夹的形状。

"以前都没有人会给我东西。没有人会刻意对我好。"

我难过地注视着她，无法想象那是个什么样的世界。"呃，在这里会不一样的，孩子。"我只能如此回答。

我轻轻地梳着她那打结的头发。我们的世界是如此不同，使我非常担心稍一不小心便会破坏我们好不容易才建立起来的脆弱关系。她紧握着那包发夹耐心地坐着，一直未曾将发夹从包装纸中取出，只是一次又一次地抚摸着。她的头发很漂亮、柔软。她真是一个漂亮的孩子，如果能够好好清洗一番的话，相信会更明亮动人。

"好了。现在，把发夹给我，我把它们夹在你头发上。"

她把发夹压在她的胸口上。

"来，让我把它们夹在你的头发上。"

她摇了摇头。

"你不想将它们夹在头发上吗？"

"我爸，他会把它们从我身边拿走的。"

"他不会的，对不对？你可以告诉他说是我给你的。"

"他会说是我偷来的，以前没有人给过我东西。"她紧紧地握着发夹，双眼直盯着包装纸不放。

"那或许可以暂时先戴一下。你可以把它们留在学校，我会去跟你爸说是我送你的。你觉得怎样？"

"你会再把我的头发弄得很漂亮吗？"

我点了点头："明早你来的时候，我会帮你弄得很漂亮。"

她凝视着那包发夹好久好久，然后不舍地递给我："拿去，你先替我保管。"

接过那包发夹之际，我的心一阵悸动。她是如此不舍地将它们还给我。就在这时候，安东进来接席拉去坐校车。我不知道时间竟然过得这么快，连替她清洗的时间都没有，她闻起来实在太糟糕了。

"席拉，"我问，"你在家有没有机会洗澡呢？"

她摇了摇头："我们没有浴缸。"

"那你会用水槽吗？"

"也没有水槽。我爸会从加油站拿一桶水回来，"她停了下来，双眼注视着地板，"那是要喝的。如果我弄脏了，他会狠狠地打我。"

"那你有没有其他的衣服呢？"

她又摇了摇头。

"好，那我告诉你，我们明天来想想看有什么办法，好吗？"

她点点头，转身去取她那件单薄的外套。我深深叹了口气看着她。有这么多工作要做，我心想，有这么多的事情需要改变。"再见，席拉。祝你晚安，明天见。"

安东牵着她的手，打开门迈入 1 月冷冽的暗夜。就在他要关上门的那一刻，席拉停下了脚步，转身望着我。

她淡淡地微笑着说："再见，老师。"

第 **7** 章

蜕 变

在她六年的岁月中，被遗弃、被忽略、被排斥、被推出车外，被推出人们的生活之外。

现在，终于有人可以抱她，可以和她说话，可以依偎安抚她。

隔天一大早，我准备就绪要采取行动了。带着三条毛巾、一块香皂、一瓶洗发精以及一瓶婴儿用乳液，我一大早便到了学校，到办公室中找来一条棉布长裤和另外一件 T 恤，然后回到教室中。

当席拉抵达时，我正在教室后面的水槽中放水，这个水槽相当大，足可容下一个小孩子。席拉一见到我，便急忙脱下外套随手一挂，跑到我的身边来，睁着她那双骨碌碌的大眼睛专注地看着我的举动："你现在要帮我别上发夹了吗？"

"当然。可是我得先给你洗个舒服的澡。你觉得怎样？喜欢吗？"

"那会不会痛呢？"

我不禁笑了起来："不，傻瓜，当然不会的。"

她将我放在篮子中的乳液拿了出来，并打开盖子。

"这是做什么用的？你拿来吃的吗？"

我讶异地看着她："不，那是乳液，用来擦在身上的。"

一抹愉快的表情闪过她的脸庞："这闻起来好香哦，老师。你闻闻看。这闻起来很香，擦这个就可以让身上变得很香。"她的眼中闪着光芒，"这样，那个小孩就再也不会说我很臭了，对不对？"

我对她微微一笑："是的，我想他再也不会那样说了。看，我找了一些衣服给你穿。然后，惠妮会在下午过来把你的牛仔裤拿去洗衣店洗。"

席拉仔细地检查着那件长裤，还小心谨慎地拿了起来："我爸不会让我穿这衣服的，我们不可以拿施舍的东西。"

"是的，我了解。你只要暂时穿着，等到送洗的衣服拿回来后再换上就好了，可以吗？"

我把席拉抱到水槽边的台子上，帮她脱去鞋子和袜子，而她则一个劲儿地看着我。由于时间紧迫，我担心待会儿其他小朋友来上课看到这幅景象，会让席拉觉得不好意思。征求了她的意见，她却说无所谓，但是我还是觉得在小朋友们出现之前赶快完成比较好。

她真的相当瘦小，肋骨一根根地清晰可见。我注意到她身上有许多伤疤。"这里是怎么回事呢？"我边问边洗她的手臂。那是一道两寸长的伤疤。

"那是有一次我摔断了我的手臂。"

"为什么会那样呢？"

"是在玩的时候跌倒的。医生还给我打了石膏。"

"你在玩的时候跌倒的吗？"

她煞有其事地点点头，检视着那道伤疤："我在人行道上跌倒。我爸说我真是一个笨手笨脚的小孩。我时常弄伤我自己。"

我的心中涌现出许多问题。"你爸是否曾经做过会留下像这种伤疤的事情呢？譬如说重重地打你或什么的？"我问道。

她注视着我，眼中浮上一抹愁容。她就这么静静地盯着我看，让我感到非常后悔自己问这样的问题。这样私人的问题或许不适合在我们如此脆弱的基础上提出。

"我爸不会那样做的。他不会严重伤害我的。他爱我。他只是轻轻地打我，那样我就会乖一些了。你有时候也要对小孩子那样才行。可是我爸，他爱我。我是因为太笨了，所以才会有这么多的伤疤。"她的声音混合着强烈的戒备感。

我点了点头，将她抱出水槽，然后把她的身体擦干，接着将她放在我的大腿上擦她的腿。她转头看着我的眼睛："你知道我妈妈做了什么吗？"

"不，我不知道。"

"这里，我指给你看。"她将另一条腿高高抬起，指着一道伤疤，"我妈妈把我带到马路上，然后把我留在那里。她把我推出车外，我跌倒了，一块小石头划伤我的腿，就是这里，看！"她指着一道伤痕，"我爸，他爱我，不会把我留在马路上。你应该不会对小孩子做那种事情吧？"

"不，我们不会的。"

"我妈妈，她没有那么爱我。"

沉默中，我静静地梳着她的头发。我真的不想再听下去了，因为听她讲那些实在太令人难过。她的语调虽然平静，但我真的不该再听下去，这就好像在阅读某人的日记一样，平淡的语调中诉说着深深的悲凄。

"我妈妈，她带走吉米到加州去了。他们现在就住在那里。吉米是我的弟弟，他 4 岁，可是当我妈妈离开时，他才只有两岁。我两年没有看到吉米了。"她若有所思地停下来，"我想念吉米，我希望可以再见到他。他是个很乖的小男孩。"她再度转身望着我说，"你会喜欢吉米的，他是个乖小孩，不会乱叫、很坏或是什么的。他在这个疯小孩班级里会是个很乖的小男生，只是我想他不会像我这样疯。你一定要把他带来这个班，他不会像我一样做坏事的。"

我搂着她："孩子，你才是我要的，不是吉米。有一天他会有他自己的老师。我不在乎小孩子会做什么事，我就是喜欢他们，就是这样。"

她坐回我的大腿上，深不可测地看着我："你真的是一个非常好笑的老师。我觉得你和我们小朋友一样疯。"

在接下来的那一周，席拉在我们那个小小班级中变得很活泼。她开口说话了，而且对所有事情都有独特的意见，她的咬字也是最清楚的一个。我很高兴班上能有一位这样具有高度使用词汇能力的学生，其他孩子们也喜欢有她的陪伴。

席拉从未提起放火的事件，不论在我们早期的紧张关系还是后来的关系中，她一直都不曾提起过。我班上大部分的孩子都能意识到自己在此的原因，席拉当然也不例外。从她来到这个班级的第二天起，她便已知道这是个"疯子班级"，而她正是个做坏事的疯小孩。她经常会加入我们的对话，却未曾提过一次虐待事件。我也不认为那是个好主题。只是我一直都不知道11月的那个凛冽的夜晚，她的心中到底在想些什么。

驻校心理医生亚伦为席拉做了智商及阅读测试。席拉的智商非常高，几乎拿到满分。亚伦的惊讶是可想而知的，从他那小小的办公室出来时，他直摇头。他从未碰见过任何小孩接受他目前所使用的这项测试，更没想到这小孩是我那个班级中的孩子。虽然过去没有人教过她阅读，但席拉的阅读及理解能力却有五年级学生的程度。那天当亚伦要下班时，他信誓旦旦地要去找出一份可以测出席拉智商的测验题来。

每天早上在学校开始上课之前，我和席拉便要忙着她的梳洗工作。我将所有盥洗用品全放在一个塑胶桶里。通常我帮她梳理头发，她会主动去刷牙。她非常喜欢那些发夹，于是我又去买了一小盒发夹给她，而她简直将这些小夹子视为宝贝一般。每天放学她要回家时，便会将头上的发夹拔下，仔细地摆好，一根根地数过之后才会放心回去。

她的衣服是比较大的麻烦。我仍继续在学校清洗她的内裤，每天早上坚持要她换过。总之，梳理干净后的席拉真是一个漂亮的孩子，有一头浓密的金发、闪闪动人的眼睛以及可爱的微笑。

但是最令我担心的还是席拉往返学校的校车问题。在有过那些可怕的前科记录下，还让席拉独自一个人搭校车而没有人在一旁监督，这是我无法想象的状况。总之，我的担心最后还是成真了。

在1月底的某一天，安东和我送她去坐车。通常她一上了车之后便走到最后面的位子坐下，那天也没有例外。可是，当车子抵达她的住区移民营时，那些高中生都一个个下了车，就是不见席拉下车。校车司机从座位上站起来往后看，车上空荡荡的。司机还打电话到我家确定席拉是否真的有上车。我告诉他的确上车了。在等待司机的回电之际，我心中的恐慌感攀升到了极点。最后得知，原来席拉上车后因后方引擎的热气让她不知不觉地睡着了，甚至滑到座位下的地板上都还不自知。那次之后，司机每次都会详细检查。

还有一个更棘手的问题，便是席拉的父亲。我一直好意地联络他，想和他讨论席拉的事情，但因为他没有电话，因此我只好寄通知给他。一次又一次，我始终未曾得到他的回应。我有种直觉，他根本就不想见我。于是我在席拉的社工人员陪同下去拜访他，结果出来应门的竟是席拉，她的父亲出去了。

我非常迫切地想要见他。首先，我得赶快处理席拉的服装问题。我也向社工人员提到这件事。席拉的衣服实在少得可怜，连换洗的都没有。尤其在 1 月这种凛冽的天气，她只穿着不足以御寒的一件薄外套。每天早上到学校时，一张可爱的脸都被冻得发紫了。天气最糟的时候，我逼不得已只得自己开车去接她。我送东西到她家，结果隔天这些东西被装在纸袋中退回来。席拉总是很不好意思地说，她因接受"施舍"而被打了一顿。这位社工也提到，他们还押着席拉的父亲用社会救助金去帮席拉买衣服，但显然这位父亲又把衣服退回去了。你无法强迫这个男人，社工担心过度强迫他，会使他拿席拉出气。

在学校期间，我尽量地为她提供过去未曾有过的正常环境，让她体验不同的生活。席拉变得非常健康有活力。在开始的几周，她就有如我的影子般和我形影不离，不论我到哪里，只要我一转身，总会看到她在我的身后，身上若不是抱着一本书，便是抱着一盒数学小木砖。每当她和我眼神相遇之时，双唇便会泛起一阵傻笑。我当然得将我的时间平均分摊来照顾每个孩子，但这阻碍不了她，她总是很有耐心地站在我的身后等我把工作完成。甚至有时候，她还会亲昵地拉着我的皮带随我四处走动。安东总在教师休息室中戏谑地说我和席拉看起来好像磁铁一样吸在一起。

由于这几周的全力投入，使得我没有时间和查德约会，还得把工作带回家，因为放学后的准备课程必须用来陪伴席拉等校车。安东也抱怨说没有时间和我讨论事情，于是我们只得提早于早上 7 点半到校碰面。对席拉而言，她却再高兴不过了。她需要全心全意的关怀。

在她六年的岁月中，被遗弃、被忽略、被排斥、被推出车外，被推出人们的生活之外。现在，终于有人可以抱她，可以和她说话，可以依偎安抚她，席拉当然会将我所能挪出给她的时间和亲密全部吸收。不论是班上的其他小朋友，还是安东和我，大家都很高兴席拉变得如此健康活泼，而小朋友们投入意见箱的奖励字条也愈来愈多。

毕竟，席拉还是未曾有过任何机会可以让她学习为别人着想或对人亲切温和。过去她只知道要在那个艰苦世界中想尽办法生存下去，而这也养成了她总以强硬的方式来取得心中想要的一切的习惯。这点我当然非常能体谅。在这种环境中生活了六年，她怎么可能一下子就相信世界不是那么一回事，还有其他更好的方法可以解决呢？可是那个意见箱却让她相信了。

每晚，席拉都会非常认真地听我念出意见箱中每张字条的内容，并赞美那些得到字条的同学。最后，她还会不死心地数数看自己的字条是否比其他同学多。一个放学后的下午，她就站在我做化学实验的桌子旁边。

"为什么泰勒会得到这么多的奖励字条呢？"她问道，"她比其他人都多。你是不是也投给她呢？"

"没有，你知道的。可是每个人都会投的呀。"

"那为什么她会比较多呢？"她仰着头问，"她做了什么呢？为什么大家都那么喜欢她呢？"

"呃，"我思考了一会儿，"譬如说，她很有礼貌。当她要什么东西的时候，她会先问别人，而且她会说'请'，也会说'谢谢'。那样会让人家觉得更喜欢帮助她，或喜欢和她在一起，因为她让你觉得很舒服。"

席拉皱起了眉头，低头看着她的手。沉默好一会儿之后，她带着责怪的眼神看着我："为什么你从来就没有告诉我，你要我说'请'和'谢谢'？我不知道需要那样。为什么你只告诉泰勒却没有告诉我？"

我不敢相信地看着她："我没有告诉泰勒，席拉。那只是人们习惯做的一些事情。每个人都喜欢其他人有礼貌。"

"可是我不知道啊，没有人告诉过我啊！"她语带责备地说着，"我从来都不知道你要我那样做。"

在考虑这件事的同时，我知道她是对的，有可能我真的从来没有告诉过她。我一直理所当然地认为孩子都会知道这些事情，尤其是一个聪明如她的小孩，我一直认定她知道。但是这种认定的不公平正渐渐地点化我。在她的环境中，席拉或许从来都没有听过这类的话，或者这些话以往对她来说根本不具任何的意义。

"对不起，席拉。我以为你知道的。"

"我不知道。如果我知道你要我那样做，我会做的。"

我点了点头："我要。那是很好的话，因为那会让人家觉得很舒服。那是很重要的，尤其像你这样的人更应该那样做。"

"那他们会告诉我说我是个好女孩吗？"

"那样做可以帮助他们明白你是个好女孩。"

就这样一点一滴的，她开始去注意别人如何表现他们的温和及体贴。当她不明白时，她就会问。有时候，我则会利用两人独处的时间来告诉她一些她不知道的事。

第  章

体罚与哭泣

席拉被打得跪在地上，但后来她便站得直挺挺地任由校长打。

她没有眨一下眼睛，没有叫也没有哭。

她说："如果我不哭，他们就不知道我受到了伤害。没有人可以使我哭。"

虽然有了之前的种种转变，但好景不长，棘手的问题仍然相继出现。第一个问题是，席拉有了明显进步，她却抵死不愿做作业。只要见到任何一张作业纸递到她的眼前，她便将之摧毁。我试过无数的方法来阻止她，甚至在无法可想之下，将作业纸黏在她的桌子上，还是被她刮得惨不忍睹。我用塑胶夹层将作业封起来，她却任由它躺在桌子上，根本不愿动手去拿笔，就这样坐在那里，拒绝做任何事情。

毋庸置疑地，这种行为引起我们之间的不愉快。我恩威并施、威胁利诱地要她动手写作业，却毫无效果。我除了担心如此一来她会丧失学习的机会外，更忧虑的是，在她拒绝做作业的背后，是否隐藏着什么重要的原因。她在其他任何方面都会想尽办法来取悦我，唯独这件事，她就算与我撕破脸也不在乎。

对于如此明显的行为，我不禁开始对这三个星期来的努力成果感到困惑。最后，有一天我实在忍无可忍，拿出了一整份的作业。我叫席拉到一张桌子前坐下，桌上摆着一份数学作业。我心意已决，不论要花多少时间，要浪费多少张作业纸，我们都得将这份作业给完成。

"我们今天要做这份数学作业，席拉。我要的就是这一张而已，上面的题目很简单的。"

她满脸不信任地盯着我看："我不要做。"

"今天你可没有选择的权利。"我用一根手指压住桌子上的那张纸，"快点，我们开始做吧！"

她坐在那里瞪着我，我知道她正机警地观察整个状况。因为我从未以如此直接的方式来逼迫她，她也无从猜测我的心意。此时，我早已气得胃肠打结、心跳加速了。有片刻的时间，我几乎就要撤退了，但愤怒早已淹没了我。

"快做。"我可以听到自己又响又尖的声音。我抓了一支铅笔塞进她的手中："我说做这份作业，现在就做，席拉。"

席拉把作业纸揉成一团，我小心地把纸摊平放回桌上。这次她干脆用铅笔将纸戳破，我再拿出一张，席拉又把它毁掉。数学课结束了，其他小朋友陆续起身去享受他们的自由时间，席拉紧张地四处张望。自由时间是席拉最喜欢的时段，而且她看到泰勒拿着她最喜爱的玩具。

"把这份作业做完你就可以离开。"我说道。我怒气已稍减，但心跳仍然很快。席拉这下子完全没有耐心和我玩了，从她那沉重的呼吸可以清楚地感受到她的怒火。我把椅子更拉近她，把她固定在她的座位上，再拿出一张作业纸，紧紧握住她的手。"我来帮你，席拉，如果你不愿意自己动手的话。"我顽固地说道，感觉到自己的衬衫早已被汗水所浸湿了。

席拉开始尖叫起来，奋力地想挣脱我的钳制。我紧紧握住她的手，问她第一个问题的答案。一开始她拒绝回答，然后她尖叫着说出了答案。就在她的尖叫声中以及我强力的压制中，我们便在自由时间的时段中挣扎着完成了这张作业。我继续进行第二张作业。在我来不及抓住她的手之前，她早已灵活地将纸张揉成一团，不偏不倚地丢到我脸上，推翻椅子，拔腿跑到教室另一端，转身怒视着我。

"我！恨！你！"她放声大喊，吓得其他小孩都停下手边的事情，转身注视着我们两人。"我恨你！我恨你！我恨你！"席拉气得站在教室的角落直发抖。

安东将其他的孩子都带出教室，我则仍留在原来的桌子旁。几分钟后，她控制住自己的脾气不再尖叫，但仍站在远处角落，狠狠地瞪着我。她已到掉泪的边缘，唇线往下弯，下巴直颤抖。

我开始觉得自己真是个超级卑鄙的人。她对我的失望之情完全溢于眼神之中。当我望着她时，我知道自己做错了。我太心急了，只想到要赶快完成作业，以不愧我身为一名教师之职责，但是我根本就不该如此的，那是错的。我无法原谅自己竟因这么不重要的小事，而毁了这好不容易建立起的一切。

我注视着她，心中涌起一波波恶劣的感受——丑陋和自我怀疑。我是否已经摧毁了我们之间的关系？过去三周所辛苦建立的关系是否就毁于这一旦？她看着我。就这样几乎有一个世纪之久，我们就这样沉默地凝视着对方。

慢慢地，席拉向我走了过来，那双又大又疲惫又充满责备的眼睛依旧盯着我。她走到桌子的另一边，低头望着桌子。

"你没有对我很好。"声音中充满深深的失望。

"是的，我没有，对不对？"我沉默不语，"对不起，席拉，我不该那样做。"

"你不应该对我不好的，我是你的一个小孩子。"

"我很抱歉。我只是因为你老是不做功课，所以才生气的。我只是要你像其他人一样好好地做功课。你不做功课会令我非常生气，因为我非常在意你做功课，那是很重要的事情，所以我才会生气。"

她仔细端详着我，下唇往外撅出，露出一副受伤的眼神，慢慢地向我挨近。

"你还会喜欢我吗？"

"我当然还会喜欢你啊！"

"可是你生我的气，而且还大吼大叫的。"

"有时候人们也会对他们很喜欢的人生气的，但这并不表示从此就不再喜欢这些人了，他们只是生气而已。等生气过了之后，他们还会彼此喜欢对方的。我还是和从前一样地喜欢你啊。"

她撅了撅双唇："我不是真的恨你。"

"我知道，你只是和我一样气愤罢了。"

"你对我吼叫，我不喜欢你那样对我吼叫，那会让我的耳朵好难过的。"

"听着，孩子，我错了，我很抱歉，可是已经发生了我也无力将它收回，我真的很抱歉。从现在开始，我们不要再去理会作业的事了。当你想要做的时候，我们再做吧！！"

"我永远都不会想要做的。"

我不禁沮丧地双肩向下垂："好，那我们就永远不做。"

她一脸困惑地望着我："可是，一定会有作业的。"

我疲倦地叹了口气："不完全如此吧，我猜，还有更重要的事情可以做。更何况，也许哪天你会想要做，到那时候我们再来做吧！"

就这样，我放弃了一场作业大战。

我真搞不懂，我竟然会为一件小事情的不完善，而觉得天好像要塌下来了一般。一旦我跳出了这个漩涡外，我才发觉它对我真的不是那么重要。只是这几周中，我一直被困在其中看不清自己的盲点罢了。

第二个问题是席拉的强烈报复心理。有一次莎拉不小心将雪踢到席拉的身上，没想到席拉的第一个反应竟是将莎拉心爱的美术作品全部捣毁。她那冷漠、无情的眼神令我不禁打了一阵寒战。席拉必须时时刻刻都受到监视，甚至当我们觉得已经分分秒秒盯着她时，她仍然有办法逃出我们的视线。

午餐时间是一天中最危险的时刻。安东和我都不想放弃我们自己的午餐时间而去守着席拉。午餐助手虽然害怕席拉，但仍监督着她。有一天，正当安东和我在教师休息室用完午餐，一位午餐助手神色慌张地跑了进来，口中直嚷着席拉的名字。第一天的噩梦又发生了。我们两人赶紧追随她的身后而去。

席拉冲进了一位教师的班级中，不到 15 分钟的时间，她已将整间教室捣毁，所有学生的桌椅都被打翻，学生的个人用品掉落一地，窗户、书……一片狼藉。我实在无法想象在这么短的时间内，她竟能制造出如此的风暴。

我用力推开门喊："席拉！"

她猛然转身，手中握着一个指南针，眼神中充满了不可侵犯的神态。

"把东西放下！"

她凝视着我好一会儿，却刻意地让东西摔在地上。她和我们相处好几周了，也清楚我说话算话的个性。如果我有办法说服她停止暴行来到我身边，我便能够让她平静下来，而不会让她觉得受到威胁想逃走。因为一旦她开始惊慌起来，她就会变得更危险了。

总之，看着这一片狼藉，我们也不知该如何是好，我心中充满了无助和沮丧。坐在一角想象着这场损失的金额可能不少，更糟的是，这还不是我的教室。我知道这件事真的已经超出我的能力了。

就在我劝席拉的同时，科林斯先生以及这间教室的老师何姆斯太太也出现了。一等我握到席拉的手，科林斯便开始大发雷霆起来。我知道他有理由发脾气，但我也知道解决问题的方法，因为他来自一所以体罚而闻名的学校。他一把抓住了席拉的手臂，而我则抓住席拉的连身牛仔裤不放。

我们彼此注视着对方，两人都沉默不语，而席拉就被我们一左一右地拉着。我绝不能让他把席拉带走，否则我长久以来对她所做的有关不打小孩的承诺便不再是承诺了。她过去已经遭遇过太多次被打的经历了，太多人对她食言了，我不能再让这样的事情发生。

校长和我仍然僵持不语。从我的指尖，我可以明显感受到席拉的肌肉正紧绷着。他终于开口说话了，完全一副咬牙切齿的样子。他清楚地表示，不只席拉得到他的办公室受罚，而且我还得去当他的证人。

哦，少胡扯了吧。我一心想和他争辩，但却没有太多的选择。我不同意他的做法，当然，我更不想让席拉认为我同意。我们一来一往地好似两只狗在争一块骨头一样。最后，他对我完全失去了耐心。

"你就帮帮我吧，海顿小姐，你现在就跟我走，否则你的工作就到今天为止，我不在乎必须采取什么样的手段。你听清楚了吗？"

我怒视着他，脑中闪过无数的想法。如果我被开除了，那我该怎么办？有谁会来照顾我班上的孩子呢？我这么做又是为了什么呢？为了一个即将被送到州立医院的孩子吗？难道我就为了这个认识才三个星期、迟早会被送走、而且对任何人都不重要的孩子，而丢掉我的工作吗？到时候查德还会要我吗？我又该如何向我母亲解释呢？人们又会怎么想呢？想到这一切状况，我松了手。

科林斯先生带着席拉走过走廊转向他的办公室，我则紧紧地跟在后面。科林斯先生从他的办公室中拿出了藤条，命令席拉弯下身子。科林斯先生连续打了她好几下，前两下时，席拉被打得跪在地上，但后来她便站得直挺挺地任由校长打。她没有眨一下眼睛，没有叫也没有哭。然后科林斯先生拿出了一张纸要我以证人身份签名。

我真的不晓得接下来应该怎么办。我把席拉带回教室中，要安东照顾其他的孩子，然后低头看着席拉："我们需要好好地谈一谈，孩子。"

最后，我把她带到藏书室中，因为我实在找不到其他可以让我们单独相处的地方。我拉过来两张椅子，打开灯，关上门，坐了下来。有好长一段时间，我们就这样互视对方。

"你到底为什么要做那些事呢？"

"你没有办法逼我说话的。"

"哦，天啊，席拉，别再闹了，我没办法和你玩游戏。别再那样对我了，好不好？"

我完全无法辨识出她是生气还是有别的什么情绪。在内心深处，我想向她道歉，那时候我不该让科林斯先生把她带走的，但是我并没有道歉。我要的不仅止于此，我需要的是原谅和宽恕。

我们沉默地注视着对方，空气中充满紧张的气氛。最后我摇了摇头，疲惫地叹了口气："听着，这整件事情的结果不是很完美，我很抱歉。"

席拉仍然沉默不语。我可以听到外面学生们准备放学回家的嘈杂声音，而室内却是如此安静，甚至没有人知道我们在里面。

我看着她，转头凝视其他地方，又看着她。她双眼仍旧凝视着我。"好了，席拉，你到底要我怎样？"

她的眼睛睁得老大："你会生我的气吗？"

"没错，是的。我对刚才发生的一切是有些生气。"

"你会用皮鞭抽我吗？"

我的双肩无力地下垂："不，我不会。我已经告诉过你好几百次了，我不打小孩子的。"

"为什么不打呢？"

我用一种不敢相信的眼神看着她："为什么要打你呢？那不会有什么帮助的，不是吗？"

"那样对我有帮助的。"

"真的吗？真的是这样吗，席拉？科林斯所做的事真的对你有帮助吗？"

"我爸，"她柔声细语地说，"他说那是唯一可以让我变得更高尚的方法。他用皮鞭抽我，我一定可以变得更好，因为他永远不会把我抛弃在高速公路上，像我妈那样。"

我的心开始融化，向她伸出一只手臂："过来，席拉，让我抱抱你。"她主动地走了过来，爬到我的腿上，紧紧地抱着我的腰身，贴在我身上沉默不语。接下来，我们该怎么办呢？她必须停止这种摧毁性的行为。但是，要怎么做呢？迟早我还是会离开她的，迟早她还是得按照当初的计划被送走的。我不禁怀疑这个漂亮又聪明的小女孩，到那时候还会有什么人生希望可言？相较之下，今天这些破坏的金钱损失又有什么好在乎的呢？

"我们该怎么办呢，席拉？"我一面摇她一面问道，"你不可以老是做这种事情的，我真的不知道怎么阻止你。"

"我不会再做了。"

"我希望你不会。可是先别说得太早，以免我们都做不到，好吗？我只是要你告诉我是怎么开始的，我要知道这是怎么一回事。"

"我不知道。我真的很气她。她在午餐时对我大吼大叫，我很生气。"她的声音颤抖着，"他们会把我送走吗？"

"我不知道，甜心。"

"我不要他们把我送走。"她突然哽咽着声音，强忍住挂在眼角的泪珠，"我再也不会做那样的事了。我要留下来，我要留在这所学校中。我不再那样做了，我保证。"她把脸紧紧贴在我身上。

我伸手抚摸着她那柔顺的头发，"席拉，"我问，"我从来都没有看你哭过，你不喜欢哭吗？"

"我永远都不哭。"

"为什么不呢？"

"没有人可以那样伤害我的。"

我低头看着她，她是那么斩钉截铁地说着。

"你这话是什么意思呢？"

"没有人可以伤害我的。如果我不哭，他们就不知道我受到了伤害，那么他们就不会伤害我。没有人可以使我哭，连我爸用皮鞭抽我的时候也一样。科林斯先生打我时也一样。你都看见了，对不对？"

"是的，我看见了。可是，难道你不想哭吗？难道你不觉得很痛吗？"

好一会儿她都没有作声，只是把我的双手握在她的手里。"那很痛的，有时候我会偷偷地哭一下，在晚上的时候。我爸有时候很晚很晚才回家，我害怕自己一个人。有时候我只偷偷地哭一下，然后就赶快把它擦掉。哭是不好的，那会让我想到吉米和我妈妈，我会想念他们的。"

"可是有时候会有帮助的啊！"

"那永远都不会帮助我的。我永远都不哭，永远！"

她低下头开始玩起我衬衫上的纽扣来。

"你哭过吗？"她问道。

我点了点头："有时候。大部分是当我心情很不好的时候，我会哭。我忍不住，我就是会哭。可是哭完之后，我会觉得很舒服。哭，有的时候是件好事，可以把我的伤给洗掉。要是你试试看，你就会知道了。"

她耸了耸肩："我才不要呢！"

"席拉，我们得想办法解决你在何姆斯太太的教室所造成的灾难，你说我们该怎么办呢？"

她耸了耸肩，一味地玩着纽扣。

"我要你想办法。我不会用皮鞭抽你的，而且我也不想让你就这样被赶出学校。可是我们得采取一些行动才行，我要你好好想个法子。"

"你可以处罚我，或是你可以没收我的玩具。"

"我不想处罚你，因为科林斯先生已经做过了。我要一个可以让何姆斯太太不再那么生气，一个可以弥补事情的方法。"

又是一阵沉默。

"或许我可以去把东西捡起来。"

"我觉得这是个很棒的主意，但是对不起人家的部分呢？你可以去跟她道歉吗？"

她扯着其中的一颗扣子："我不知道。"

"难道你不觉得过意不去吗？"

她缓缓地点了点头："我很难过发生这样的事情。"

"道歉是件非常值得学习的事情，它会让人改变对你的印象。我们要不要现在先练习一下呢？我来当何姆斯太太，这样到时候就不会觉得那么为难了。"

席拉又紧紧地靠了过来，脸颊贴着我的胸部："我要你先抱我一下。我的屁股现在还很痛，我不要想这事，等它不痛的时候我再想。"

我微笑着将她搂入怀中，两人就这样坐在幽暗的房中等待着，等待她的屁股不再痛，等待她鼓起勇气去道歉，以及等待改变。

第 *9* 章

不愉快的家庭访问

　　我试着向席拉的父亲说明她是个极具天赋的孩子，
但他根本就不在乎，她要那些天赋做什么呢?
　　他说，只会让她制造更多的麻烦罢了。

　　解决这件事并没有我们想象中的那般简单。席拉和我的确去找
了何姆斯太太。席拉向她道了歉，并愿意去把教室收拾干净。席拉
那童稚的天真、瘦小单薄的身体，以及她那与生俱来的聪慧美丽，
激起了何姆斯太太的母性，她欣然接受了席拉的道歉和提议。

　　在另一方面，这整件事情还是令科林斯先生无法释怀，这已是
他所能忍受的最高极限了，不单只针对席拉，也针对我的班级。他
和我的价值观简直是南辕北辙，两人各持己见，最后索莫斯先生不
得不出面调停。

　　科林斯先生坚持要将席拉送走。这个孩子过于暴力、无法控

制、危险，而且具摧毁性。她的行为对其他同学造成威胁，她在何姆斯太太的教室中所造成的损失高达 700 美元之多。她应该放在州立医院收容所中，而不是在学校里。为什么不送她去呢？

我努力地解释着席拉在我班上的进步情形，谈到她的智商，谈到她被虐待及遗弃的历史。我央求索莫斯先生让我继续教她。这次的事件纯属意外，我以后会更注意的，就算牺牲我的午餐时间也无所谓，只求他再给我一次机会。

索莫斯先生则向我解释他的处境，学生家长给他的压力实在太大了。我的班级只是个中转站，我不应如此投入的。他客气却坚决地如此说道，席拉只是暂时性地待在这里，等待医院的收容机构成立后，她就得走了。

听到这一切，我的喉咙一阵紧缩，眼中泛着薄薄泪光。我努力地克制自己，他们并非要刻意如此残忍，但对我而言，却是非常的残忍。他们凭什么一开始丢给我这么一个烫手的小女孩之后，现在才来告诉我无须担心，她只是个短暂的过客，她可以干脆坐在角落里所喜爱的那张椅子上，一直到医院来将她接走。显然我一开始就没有理解他们的意思，而一心地想扮演她的老师。从他们的身上，我终于学到了：有些人连 700 美元的价值都没有。

事情的结果虽未尽如人意，但也不算太坏。每个孩子都有受教育的权利，而我则成了席拉的唯一教育途径。索莫斯先生采取折中的办法，他要科林斯先生再找一位专门负责看管我的班级的午餐助手，而席拉则必须在我亲自督导之下才可离开教室。事情就暂时如此解决了。

撇开席拉这件轰动校园的大新闻外，班上其他事情都进行得非常顺利。我们又恢复了以前那样，每个人都在适应着接受席拉。我很高兴那些令人惶惶终日不得安宁的日子终于结束了。席拉的功课简直一日千里，我几乎穷于应付她那迅速的吸收能力，我的书也总是赶不上她的阅读速度，但我同时也很高兴看到她能如此投入，至少可以弥补她不愿做功课上的不足。

在社交上，席拉虽然进步缓慢，却非常稳定。她和莎拉已成为好朋友。此外，我还指定她负责协助苏珊娜绘图。如此一来，我不但多了一个小帮手，也可以充分利用席拉的剩余时间，让她产生责任感，增进她的人际关系，更可增强她的自信心，让她感受到随时都有人会需要她。放学之后，她还会忙着和我及安东讨论该如何帮助苏珊娜的事情。她的投入，她的举动，实在令我感动。

何姆斯太太的教室事件后，倒也传来了一件好消息。我终于联络上席拉的父亲了。2月初，学校放学后的一个晚上，我和安东开着车来到铁路旁的移民营区。席拉和她的父亲就住在一间非常狭窄的铁皮屋中。他的身材魁梧，超过6尺高，有一个连皮带都快撑不住的肚子，手中拿着一瓶啤酒，此时看来已颇有醉意。

席拉的父亲跟着我们进入屋中后，示意我们在沙发上坐下。席拉此时正坐在远处角落床头的另一端，眼睛又圆又狂野。虽然她知道是安东和我，但却双手环抱着自己坐在角落中，一如第一天到学校的模样。我向她的父亲示意最好不要让席拉在场，因为我必须和他讨论一些可能令席拉听起来会感到痛苦难过的事。

他摇了摇头，一只手朝着席拉的方向挥了挥："她必须待在那个角落。你就连 5 分钟的时间都不能让她离开视线，你不可以信任她的，前几个晚上，她差点又在铁路旁的某处放火。如果我不把她留在屋内，警察会来找我麻烦的。"他把事情的细节一一讲给我们听。

"她并不是我亲生的小孩，"他解释着，顺手递给安东一罐啤酒，"她是她那婊子生的小杂种。她根本就不是我的孩子，你们看看她的模样就知道了。而且这个孩子简直就是个天生的坏胚子。我小时候也没有像她这么坏，一天到晚制造麻烦。"

安东和我听得哑口无言。我不敢相信席拉就在屋子中听着他说这些话。如果他每天都告诉她这类的事情，那也就不难想象她会对自己的评价如此之低了。安东极力想要扭转这个男人的观念，但那只是徒增他对我们的怒意罢了。于是我们只得让他畅所欲言，不愿再和他提席拉的事情来激怒他。

"吉米，他是我的儿子。你们没见过我的吉米，他是个很棒的小男孩。那个婊子，她带走了他，就在我的面前将他带走。然后她做了什么呢？她留下这个小杂种给我。"他叹了口气。

"我告诉过她，如果再有学校的人来这里说她惹了麻烦，我不会饶过她的。"

"我并没有要来说任何不好的事情，"我赶快解释着说，"她在我们的班级中表现得非常好。"

他嗤之以鼻："她应该的。待在那种全是疯子的班级，她应该知道要如何表现的。老天，我真的对那个孩子无计可施了。"

这场对话根本一点进展也没有，我的血液因恐惧而冰冷，我真希望自己能够有能力保护席拉，使她无须忍受这些成人带给她的言语羞辱。我试着向他说明席拉是个极具天赋的孩子，但他根本就不在乎。她要那些天赋做什么呢？他说，只会让她制造更多的麻烦罢了。我们的话题最后又绕到他最深爱的儿子吉米身上，他开始哭泣，粒粒泪珠沿着脸颊流下。

看着席拉这可怜的生活，我们知道想要从她父亲身边带走她不是件容易的事。这个城中自成一体的移民区的确是政府的痛处，只是目前社工人员短缺，因此除非是情况最严重的孩子，一般孩子是无法得到妥善照顾的。当我提议是否考虑让席拉接受寄养家庭照顾时，他不禁大发雷霆，口气粗暴地质问我凭什么要他把自己的孩子送走，他从未接受过他人的帮助，他有能力解决自己的问题。最后，他在盛怒之下，对我和安东下了逐客令。我们带着满身挫折和愤怒离开，只希望他别因此而拿席拉出气。

之后，我和安东开车到他的移民区的家中。他的小房子中有三个房间，但整理得非常干净有秩序。他的太太和两个幼子对我表示高度的欢迎，和我分享所剩不多的饼干。安东则意外提及是否有可能重返学校取得教师资格，只是他连高中文凭都没有，或许得要相当的努力才可能吧。但是当他谈着这一个梦想时，我看见他太太脸上那种荣耀的光辉，不禁有股莫名的感动。我希望他有朝一日真的可以成为一名教师，拥有一间真正的屋子，以及他理想的人生。

第 10 章

小王子与狐狸

你是我很特别的小女孩，正如那只狐狸所说的，现在我把你当成我的朋友，你是世界上独一无二的。

我永远都希望你就是我特别的小女孩，我想那就是为什么我一开始就驯服你的原因了。

在放学后席拉与我相处的那两个小时中，我开始读一些故事给她听。虽然她本身的阅读能力相当好，我却想借此机会和她多加亲近，再者也可以读些我喜欢的书给她听。我们同时可以借机谈谈书中的许多事情，许多她被剥夺的童年中未曾有过的生活体验。

因此，我倚在角落的靠枕上，抱着坐在腿上的席拉，对她念着一个又一个的故事。当她听到某个用词不明白时，我们便会停下来讨论。这个孩子不但具有孩童的天真，还具有成人的理解力，让人忍不住就会喜欢她。有一天晚上，我带来了一本《小王子》的童话故事。

"嗨，席拉，"我向她喊道，"我给你带来了一本书。"

她迫不及待地跑了过来，差点就撞到我的肚子，然后从我手中一把抢过书本。在我们还没来得及阅读之前，她已将所有的图片都仔细瞧过。一开始阅读时，她便一动也不动地坐在我的腿上，双手抓着我的牛仔衣。

《小王子》是一个简短的故事，不到半个小时，我们就已读了一半。当我们读到有关狐狸的那一部分时，她变得更加专注起来。

"来和我一起玩，"这位小王子提议道，"我非常地不快乐。"

"我不能和你一起玩，"狐狸说，"我还没有被驯服。"

"哦！请原谅我，"小王子说。可是，一阵思考之后，他又说道，"那是什么意思呢？'驯服'？"

"那是种经常被忽略的行为，"狐狸说，"意思是要建立情谊。"

"建立情谊？"

"没错，就是那样，"狐狸说道，"对我而言，你只不过是和其他小孩一样普通的男孩而已，我并不需要你什么。而对你而言，你也不需要我些什么，因为我也只不过是和其他狐狸没什么两样的一只狐狸而已。但是，如果你驯服了我，那么我们便会彼此需要。对我而言，你将会是这世上独一无二的。而对你而言，我也将会成为这世上独一无二的……"

"我的生活非常孤独，"它说，"我猎杀鸡；但人类猎杀我。所有的鸡都没有什么不同；所有的人也都大同小异。可是，如果你驯服了我，那将会有如阳光照入我的生命一般。我将会辨识你的脚步声。当别人的脚步声接近时，我便会躲藏起来。你的呼唤声对我而言，将有如音乐那般美妙　你看到那些金黄的麦穗了吗？我不吃面包，所以麦子对我而言没有什么用处，麦田对我也没什么意义。可是，由于你头发的颜色就像麦穗一般，一旦你将我驯服了之后，我只要看到金黄色的麦穗便会想到你，而且我也会爱上麦田中呼啸的风声……"

这只狐狸凝视着小王子好一会儿。

"拜托你驯服我！"狐狸说。

"我非常想呀，"小王子回答道，"可是我没有多少时间了，我还得去找我的朋友，此外，还有一大堆事情等着我去了解呢！"

"人们只能够了解他们所驯服的事情。"狐狸说，"人们没有其他的时间去了解别的事情。他们总是在店中购买已做好的东西，可是却没有任何的商店可以让他们买到友情，最后人们变得完全没有朋友了。如果你需要一个朋友，驯服……"

"我必须怎么做才能驯服你呢？"小王子说。

"你必须要非常有耐心，"狐狸回答道，"首先，你必须坐在离我远一点的地方，就像那里，在草坪上。我会用我的眼角看着你，然后你什么话也不用说。言语只不过是误解之源罢了。可是你每天都要坐得更近一些……"

席拉将手放在这一页书上说："再读一次，好吗？"我又读了一次。

席拉坐在我的腿上转身过来望着我，眼神定定地凝视着我好久好久。

"那就是你做的吗？"

"你是指什么呢？"

"那正是你对我所做的，是吗？驯服我。"

我微微一笑。

"那就像这本书所说的，记得吗？我那时候好害怕，然后我跑到了体育馆，然后你进来，并且坐在地板上，记得吗？我还尿湿了裤子，记得吗？我那时好害怕，我以为你会用皮鞭抽我，因为我那天做错了好多事情。可是你就坐在地板上，然后一点一点地向我靠近。你那时是在驯服我，对不对？"

我不敢相信地微笑起来："是的，我猜可能是吧。"

"你驯服我，就像小王子驯服狐狸一样。现在，我将会对你非常特别，对不对？就像那只狐狸一样。"

"没错，你本来就很特别，席拉。"

她转过身子又在我腿上坐正："读剩下的故事吧。"

念完整个故事之后，席拉从我的大腿上溜了下去，转身对着我，双眼注视着我的眼睛。

"你会为我负责。你驯服了我，所以现在你要为我负责吗？"

有好长一段时间我就一直注视着她那深不可测的眼神。我不确定她问题的主旨是什么。她举起双臂抱着我的脖子，双眼仍紧盯着我的眼神不放。

"我也驯服了你一点点，对不对？你驯服我，我驯服你，现在我也要为你负责，对不对？"

我点了点头。于是她放开我坐了下来。有好一会儿的时间，她好似迷失在自己的世界里，手指在地毯上不停地划着。

"你为什么要这样做呢？"她问道。

"做什么，席拉？"

"驯服我啊。"

我无言以对。

她那双水汪汪的大眼睛抬了起来："你为什么会在乎呢？我一直都想不通这一点。为什么你要驯服我呢？"

我的思绪不停地飞奔着。从来没有人告诉过我，在我那心智不正常的班级中会有这样一个孩子出现。我根本就毫无心理准备。这种情况使我必须步步为营，不能有所闪失。

"呃，孩子，我想我也找不出什么好的理由，只觉得事情应该就是这个样子。"

"就像那只狐狸吗？我现在会变得很特别吗？因为你驯服了我？我会是个特别的女孩吗？"

我微笑着："是的，你是我很特别的小女孩，正如那只狐狸所说的，现在我把你当成我的朋友，你是世界上独一无二的。我永远都希望你就是我特别的小女孩，我想那就是为什么我一开始就驯服你的原因了。"

"你爱我吗？"

我肯定地点了点头。

"我也爱你。你是全世界最棒的人了。"

席拉的头枕着我的大腿，身体在地毯上滚来滚去，双手则忙着把玩地毯上的线头。我准备再读另一个故事。

"桃莉？"

"什么事？"

"你永远都不会离开我，对不对？"

我抚摸着她的刘海："呃，有一天吧，我猜。当学期结束，你将会到别的班级，有别的老师。但在那之前，我不会离开你的，那是很久以后的事。"

她倏地坐了起来："你就是我的老师，我永远都不会再有另一个老师的。"

"我现在是你的老师。可是有一天我们的课程会结束的。"

她坚决地摇了摇头，双眼已蒙上一层薄薄的泪水："这里是我的教室，我要永远都在这里。"

"不可能的。你驯服了我，你得为我负责。你不能离开我，因为你得为我负责一辈子。书上是这样说的，你也是那样对我的，所以驯服我是你的错。"

"嘿，甜心，"我将她拉到我的大腿上，"别担心。"

"可是你会离开我啊！"她语带责备地说，"就像我妈妈所做的一样，还有吉米，还有每一个人。我爸，要不是他们说要把他关起来的话，他也会离开我的，那是他自己告诉我的。你就像那些人一样，你也要离开我。现在你已驯服了我，你还要离开我，可是我并没有要你驯服我呀。"

"不是那样子的，席拉。我不会离开你的，我只是说在这里，当学期结束之后，事情将会有所改变，可是我不会离开你的。就像故事里头所说的，虽然小王子驯服了狐狸后离开了，可是他其实还是和狐狸在一起的，因为每次只要狐狸看到金黄色的麦田就会想起小王子很爱它。我们也会是那样子的，我们永远彼此相爱。分别并不是那么困难的事情，因为每当你想到那个爱你的人，你便会一点一滴地感觉到他的爱。"

"不，你不会的，你只会拼命地思念他。"

我伸出手臂将她紧紧地搂住。她还是不愿接受我的说法。"呃，现在想这种问题有点太难了。反正你还没有准备好要离开，而我也还没有要离开你。有一天你会准备好的，到那时候就不会那么困难了。"

"不，我不要，我永远都不要准备好。"

我紧紧地将她搂在怀中来来回回摇着。这件事情对她现在而言是太可怕了一些。我真不知该用什么方法来处理这个问题，因为分离迟早总会来临的，她也必须离去。

席拉就躺在我怀中让我摇着，她不停地观察着我的表情。

"到时候你会哭吗？"

"什么时候？"

"当你要离开的时候。"

"还记得那只狐狸所说过的话吗？'如果一个人甘愿被驯服的话，他就有可能会恸哭悲伤的。'它说得一点都没错。人们会稍微哭一下的，每次有人离去时，你会稍微哭一下的。爱，有时会伤人，有时会让你哭泣。"

"我为吉米和我妈妈的事情哭过。可是，我妈妈，她并不爱我。"

"我不知道是不是那样。这些事情都是在我认识你之前发生的，而且我也不认识你妈妈，但是我无法想象她会一点都不爱你。要不去爱你们这些孩子是很困难的事。"

"可是她把我留在高速公路上。如果你爱你的孩子，你就不会对他们那样子。我爸，他这样告诉我的。"

"就像我刚才所说的，席拉，我真的不知道。我不知道谁说的话才是正确的。但是事情绝对不会是那个样子的，我绝不会那样丢下你不管。当学期结束，而你也必须到其他地方的时候，我们还是会在一起的，就算我们不能看见彼此，我们还是会在一起的。因为，就像狐狸所说的，每次当它看到麦田时，便会想起小王子一样，可见这位小王子是以某种很特别的方式和它在一起的，而那也正是我们以后的方式。"

"我不要麦田，我只要你。"

"可是，那也很特别啊，席拉。一开始，我们会有一点点悲伤，可是慢慢就会愈来愈好的。每次我们想到其他人的时候，我们心中便会记起过去相处的种种快乐。没有什么人或什么事可以夺走你的回忆的。"

她把脸埋到我的胸前："我不要想这件事。"

"没错，你是对的。现在根本还不到担心的时候，时间还长得很。同时，我们可以想想别的。"

第 *11* 章

作业战争

我还是无法理解席拉一直不愿写作业的原因。

我只能猜测或许是她害怕写错，那会让她对自己感到非常的失望，再不然就是她父亲的因素，让她不敢将作业带回家，让她对作业产生恐惧。

虽然我已不再为了坚持席拉做书面作业的战争而担心，但这件事也并未就此被淡忘掉。第一，在没有作业压力的情况下，我实在很难有那么多的时间可以应付席拉；第二，我担心将来她会因不写作业而令老师不能谅解和接受；第三，我担心她这种想尽办法要抓住大人们对她的注意的心态，不仅未来不可如此，她也因此剥夺了其他学生应有的教育时间；第四，未来25人制的班级中，教师也不会有那么多的时间去特别照顾她。

我还是无法理解席拉一直不愿写作业的原因。我只能猜测或许是她害怕写错，那会让她对自己感到非常的失望，再不然就是她父亲的因素，让她不敢将作业带回家，让她对作业产生恐惧。但是，似乎有一件事情让席拉愈来愈无法抗拒。

在班上，我总是极力鼓励孩子们大量写作，要他们养成写日记的习惯，将他们心中的感受表达出来，并将他们生活周遭所发生的事情记载下来。这是一种私人的沟通行为，我们都珍惜这种表达彼此感受的机会。有几位小朋友甚至会将平日难以启齿的事情全用文字加以表达。

不用说，由于席拉对作业的厌恶，她理所当然地没有加入我们的写作课，这似乎给她造成了一些困扰。每到写作课，她总会伸长脖子看其他小朋友在写些什么，或是有意无意地晃到小朋友身边看他们写些什么。终于，在2月中旬的某一天，她抵抗不了自己好奇心的诱惑了。

在我发完手中的写作纸之后，她来到了我的身边。

"如果你给我一张纸的话，我也许可以写一些东西。"

我低头看了看她，心中突然想到要彻底解决此问题的最佳方法是来个欲擒故纵，所以我摇了摇头。

"不行，这是作业，你不写作业的，忘了吗？"

"这个我可能会做。"

"不，我可不这么认为。我可不愿冒险继续在你身上浪费纸张了，反正你不会喜欢的。你还是去玩吧。那会比较有趣。"

她去四处绕了一圈之后又回到我身边来。这时我正在教导威廉，席拉碰了碰我的皮带。

"我要做，桃莉。"

我还是摇了摇头："不，你不想的，不是真的想。"

"是，我是真的想做。"

我不理会她，继续指导威廉写功课。

"我不会把纸张浪费掉的。"

"席拉，只有写作业的孩子才能写作。既然你不写作业，那么你就不可以写作。"

"如果我可以有一张纸写东西的话，我或许会做一些作业。一点点，也许。"

我依旧摇头："不，你不会喜欢的，这是你以前亲口告诉我的。你不必做。赶快去玩吧，我得帮威廉。"

她仍旧在我背后不愿离去。几分钟之后，眼见不会有任何结果，她转身去找安东要纸。

"桃莉才有纸张呀，"他说道，同时指了指我的方向，"你必须找她要才行。"

"她一张也不给我。"

安东耸耸肩，褐色大眼睛转了转："呃，那，我也很抱歉了，我没有你要的纸。"

席拉又回来找我。这时她已开始对我有些恼怒，却尽可能地隐藏着。

"我要你给我一张纸，桃莉。现在，给我。"

我意带警告地扬起了眉毛。

她则沮丧地跺着脚，嘴唇翘得高高的。然后她改变战略："拜托！拜托！我不会毁掉它的。我不会将它撕破的。我如果食言我会死，拜托？"

我注视着她："我不相信你。或许明天你可以先做其他的作业，如果你真的没有把它们撕毁，那么明天下午写作课的时候，我就给你写作纸。"

"我现在就要，桃莉。"

"我知道你现在要。可是你先证明给我看，让我真的能够信任你之后，明天你就会有写作纸。反正我们今天的时间也快要结束了。"

她仔细地盯着我看，试着要想出一个令我让步的方法："如果你给我纸，我就写一些你不知道的我所发生的事。我会写一些我的秘密让你知道。"

"你可以明天再把秘密写给我。"

眼见自己的方法无法得逞，她生气地走到另一张桌子边，非常用力地拉出椅子，夸张地往上一坐，不屑的声音冲鼻而出。我内心一阵好笑。她生气的时候真的很可爱，现在她已学会适当的处理方式，不会再有暴行出现。坐在一旁的椅子上，她翻着白眼直瞪我。

几分钟之后，我走到她的身边。

"我想，如果你写快一点的话，我今天或许可以给你一张纸。"

她充满期待地抬头看着我。

"只是你绝不可以撕毁。"

"我不会的。"

"如果你把它撕毁了该怎么办呢？"

"我不会的，我说我不会的，我保证。"

"那如果我给你这一张纸的话，你是不是愿意再为我写另外一张作业呢？"

她用力地点了点头。

"你愿意做数学作业吗？"

她听了深皱起眉头："如果你打算和我说一整天的话，我就会没有时间写作了。"

我笑了笑，递给她一张纸。

"最好是个很棒的秘密。"

她双手接过纸张，跑到另一个桌上抓起一支她很喜欢的铅笔，开始写了起来。

她真的写得很快。原先我还以为她未曾写过字，一定会有些困难的。可是就像其他方面一样，她又令我惊讶不已。只花了几分钟的时间她就写好了，她带着一张折成小小四方形的纸张来到我的身边，趁我不注意时，塞到我的手中。

"这现在是个秘密了，你不可以拿给任何人看。这个只给你一个人看。"

"好的。"我开始将它打开来。

"不，不要现在看，先留着吧。"

我点点头，将纸条塞入我的口袋中。

这件事情被我抛诸脑后了，直到晚上准备更衣就寝时才又发现了它。这小方形纸掉在地板上。我小心地将它捡了起来，慢慢打开来。我发现这一定是席拉所写的，一张藏着她所有自尊的私人字条。

"一件很特别的事情，我只想让你知道，不要告诉别人。你知道以前因为我老穿脏衣服，所以小孩子都会取笑我，还会咒骂我。你知道有时候我尿床，可是拜托你不要告诉别人。我不是故意的，可是我爸如果知道的话，会用皮鞭抽我的，只是大部分时候他都不知道。我不知道为什么，桃莉，我真的非常努力想改过来的。你不会生我的气，对不对？我爸，他就会，可是我真的不是故意要骗他的。这件事让我很困扰，可是我觉得自己很丢脸。我爸他说，我是个小婴儿，可是我很快就要 7 岁了，我还是老弄脏内裤，小孩子们都会嘲笑我。拜托你别把这件事告诉其他小孩子，好吗？也不要告诉科林斯先生，或是安东或是惠妮，好吗？我只要你知道就好了。"

我读完这张字条后，被她的坦诚所感动，也对她的写作能力感到惊讶。大体上而言，这张字条写得相当好，标点符号和单词都很正确。我发出一阵会心的微笑，坐下来在她的字条上给予批注。

我们的作业战争的僵局就这样打开了。隔天我安排她做数学作业，并鼓励她好好地写，我打算将她的数学作业贴在公告栏上给同学看。结果，那张作业被丢到垃圾桶中，是我把她逼得太紧了。从此以后，我也就更加的小心。

慢慢地，在无须监督的情况下，她可以自动做两三份的指定作业。偶尔，她还是会把作业给撕毁，尤其是那些对她而言难度很高的作业。可是通常在我拿了第二份给她时，她都会把它做完。知道她非常在乎做错答案的心态，我从未在她的作业上做任何错误的改正。我不希望让她觉得我是以她做了多少作业来评估她的，因此也从未勉强她去做作业。

渐渐地，席拉在写作课中发现了一个情绪发泄的场所，将心中的害怕恐惧尽情地在写作中表达出来。她想到就写，而且会重复地写。一行又一行，一张又一张，道尽了她难以在他人面前启齿的私人事情，有时候我一个晚上会收到五六张之多呢！

学校的心理医生亚伦在度过情人节的短暂假期回来之后，为席拉带回了一大堆的测试题目，还包括斯坦福大学的智商测试标准。其实这时候我已不怎么有兴趣让席拉接受这些测试了，她当然是位天赋异禀的孩子，但是就算她的智商是170、175或180，那又如何呢？我根本不知道该以何种不同的方式来教导她。只是我想，亚伦这时候正兴致勃勃地要找出答案来，加上我知道席拉迟早终将被送到州立医院，将不会再属于这个地方，因而我不免对这次的测试成绩寄予厚望，希望借此能改变席拉被送走的命运。

席拉在斯坦福的那份智商测试中拿到非常高的分数，几乎超越了以前所有做过此项测试的测试者。根据外推法的统计结果，她的智商为182。看着这个分数，我心中产生一团迷雾。我不知道182的智商到底高到什么程度，我真的无法想象。人们可以清楚地知道智商18的人的行为，但182已超过了人们所能想象的范围。

她和平常孩子不同的地方到底在哪里呢？

我出神地想着，心中感到一阵紧缩。对这个小孩子，我心中有着无数的计划想做，但时间却是如此有限，我甚至不知道要做到什么样的程度才算足够。

第 *12* 章

短暂离开

"我再也不喜欢你了，我再也不要听你的话了。你对我这么残忍。你驯服了我，而我喜欢你，你又要离开。你不应该那样做的，难道你看不出来吗？那就和我妈妈做的事一样！对小孩子那样做是不对的，不管小孩子是会被警察抓去关起来的。我爸，他这样说的。"

2 月的最后一周，我在城外有场为期两天的演讲。早在这学期开学之前，我就已经接到这场演讲的邀请，现在时间越来越逼近，我只得不断地提醒索莫斯先生赶快安排代课老师的事。

班上的孩子们在去年 11 月时便有过与代课老师相处的经验。当时我因有事请假一天，但出发前已将进度都准备好，因此孩子和代课老师间的一切都还算顺利。我也认为这次的短期独立性测试是非常重要的。这么久以来，我发觉自己和班上的孩子相互依赖的现象颇为严重，这其实不是种好现象，因此只要一有机会，我便尽量让孩子们不要过度地依赖我。

然而，我还是免不了要担心席拉。她和我们相处的时间还不是很长，再者，她的依赖心还是相当的重。因此我一直担心我的离开，即使只是非常短暂，都有可能会吓到她。

从星期一开始，我有意无意地便会向他们提及我即将不在的事，但是大家都没什么反应。星期三的讨论课时，我向孩子们解释因接下来的两天我必须到城外一趟，所以希望小朋友们和代课老师好好地配合，甚至还进一步做角色演练。每个小朋友都很热烈地参与其中，只有席拉例外。我之前所说的事情真的吓到她了，她焦虑地注视着我，高高地举起她的手。

"什么事，席拉？"

"你要离开？"

"是的，我要离开。这就是我们现在正在讨论的事情。明天和星期五我将不会来这里，但是我下星期一就会回来了。我们现在就是在讨论这件事。"

"你要离开？"

"天啊，席拉，"彼德说道，"你是聋了还是怎么的？你以为我们在这里努力地练习是干吗用的？"

"你要离开？"

我点了点头，其他的孩子则奇怪地望着她。

"你不会再在这里了吗？"

"我下星期一就回来了。只是两天而已，然后我就会回来了。"

她的脸上满是愁容，眼中尽是焦虑。她站了起来，退缩到角落，一句话不说，只是注视着我。

讨论课之后，接下来的课程是游戏时间。她仍待在角落无意识地碰触着锅盆，不理会安东的呼唤。我交代安东去照顾其他的孩子，我则抓过一张椅子坐下来，将下巴倚在椅背上。

"你在生我的气，对不对？"

"你从来都没有告诉我说你要离开。"

"有，我有，席拉。在星期一和昨天的讨论课上。"

"可是你没有告诉我。"

"我告诉每一个人了。"

她把一个平底锅摔在地上："你要离开我，这不公平，我不要你离开我。"

"我知道你不要我离开，我也很抱歉不能依照你的意思。可是我很快就回来了，席拉，我只去两天而已。"

"我再也不喜欢你了，我再也不要听你的话了。你对我这么残忍。你驯服了我，而我喜欢你，你又要离开。你不应该那样做的，难道你看不出来吗？那就和我妈妈做的事一样！对小孩子那样做是不对的，不管小孩子是会被警察抓去关起来的。我爸，他这样说的。"

"席拉，那是不一样的。"

"我不要听你的话了，我再也不要听你的话了。我喜欢你，但你却对我这么坏。你要去别的地方，把我留下来不管，你说你不会那样做的。那样对待一个你驯服了的孩子是很不应该的，难道你会不知道吗？"

"席拉，听我说……"

"我再也不要听你说了，你听到了没有？"她的声音低得几乎无法听见，但充满了悲伤的感情。

"我恨你。"

我看着她。她的脸依旧转向别处。这是自她来到这里之后，第一次用手指去擦掉即将滴下的眼泪。在惊慌之中，她用手指压着太阳穴，努力地将眼泪收回。

"看你对我做了什么好事！"她责备地低语道，"你害我哭了，我根本就不要自己哭的。你知道我不喜欢哭。我恨你，比谁都要恨你，我再也不要表现得很乖了，绝不。"

有那么一刻的时间，泪珠就在她的眼眶中打转，却未曾掉下来过。她一个转身从我身边掠过，抓起了外套，头也不回地往外跑，朝着游戏场所直奔而去。

我随后也抓起我的外套加入在外面玩耍的阵容。席拉则坐在一旁，双手掩面不发一语。

这个时段结束之后，我们要进行的是烹饪课。我们自顾自地在一旁玩着玩具，我则随她的意思不加干涉。她在生气，而且有充足的理由生气。令我讶异的是，这次她竟然完全没有做出疯狂的行为，这两个月的漫长路让她走得真辛苦。其他小朋友拼命地劝诱席拉加入他们的烹饪阵容，但席拉根本不为所动。烹饪课之后，我们围坐在一起享用我们的成品。

"桃莉，"莎拉在教室的另一端大叫，"赶快过来，席拉吐了。"

彼德反应过度地跳了起来："席拉把所有的东西都吐出来了。"彼德就是喜欢唯恐天下不乱。

安东出去找清洁工，我则过去看看到底发生了什么事，而其他的孩子们则兴奋地围观。

我将席拉抱离那个地方，让她坐在我的身边。我摸了摸她的额头，她并没有发烧。

彼德嫌恶地说："我敢说那一定是泰勒做的饼干。"

看到安东回来，我便起身将席拉抱到浴室为她清洗。她虽然顺从，但仍不愿看着我或跟我说话。我就这样沉默不语地洗着她的脸和衣服。

"你还会不会觉得想吐呢？"

没有回答。

"席拉，别闹了。回答我的话。我问你现在觉得如何？你还会觉得不舒服吗？"

"我不是故意的。"

"我知道你不是故意的。可是我要知道你是不是还会觉得想吐，这样我们才好做准备。快放学了，你得告诉我，我才知道该如何处理。"

"我的车要到 5 点才会来。"

"我想你最好放学后马上回家，这是学校对学生在校有呕吐现象的规定，他们不会让你搭校车的。我也觉得你应该赶快回家，安东可以在放学后送你回去。"

"可是我真的不是故意的，我不会再那样了。"

"甜心，问题不在那里。"

"你恨我。你恨我，连我生病你都不愿对我好。你真的是一个很坏的人。"

我无奈地转了转眼珠："席拉，我真的不恨你。我要怎么做才能让你相信我会回来呢？我只在明天和星期五离开而已。只是短短的两天而已，然后我就回来了。你难道无法了解吗？"

我真的非常沮丧。她太聪明了，怎么可能不知道两天的时间是多久呢？她只是拒绝去理解罢了。我怀疑她的呕吐根本就是情绪压力所致，只是我也感到无计可施，她根本听不进去我的话。

清洗完毕之后，我站起来，无力地摇了摇头，耸了耸肩："你想不想让我稍微摇一摇你呢？或许那样会让你感到舒服一些。"

她摇摇头表示拒绝。

清洁工走了，孩子们也都穿上外套准备要回家了，席拉则站在浴室的门口望着他们，脸色有些苍白。或许我过于仓促地判断了，或许她真的感染了什么疾病。这种不舒服的经验我也有过多次，毕竟，这件事对她而言是一大考验。

我在摇椅上坐了下来，面对着她的方向。她仍站在浴室门口。我们之间的距离虽是咫尺却有如天涯。

缓缓地，我伸出了手："过来，孩子。让我摇摇你。"

她犹豫了片刻，慢慢地走过来，无言地爬上我的大腿。

"这真的是很难捱的一天，对不对？"

她将手指紧压在太阳穴上。

"我明白你并不晓得这到底是怎么一回事，席拉。你不明白我怎么可以对你做了这件事之后，还仍然会喜欢你。"我摇着她，手指梳着她那柔似丝绸的刘海，"你必须要相信我才行。"

她的身体僵硬地抵着我，一如以前那样，她根本没有放松下来。

"你驯服了我。我没有要你那样做，可是你那样做了。现在你却要离开，这样不公平。你得为我负责的，是你自己这样做的。"

"孩子，请相信我，我会回来的。事情没有你所想的那么糟糕。安东和惠妮都会在这里，而且代课老师也非常的好。如果你愿意给自己一个机会的话，你一定可以玩得非常愉快。"

她没有回答，只是坐在我的腿上，双手压着太阳穴。此时再说些什么都是多余的了，她根本就拒绝相信这一切。我只是过于习惯她的语言能力，完全忘记她只是个 6 岁的孩子。经历了这么多灾难，再加上和我们相处的时间如此短暂，我又怎能期望她凡事都可以理解和接受呢？

会议的地点是在西海岸的某州。查德陪着我一起前往，那个周末我们大部分的时间都待在海边冲浪。这真的是种神奇的改变，跳脱出来之后才发觉，原来自己和孩子们是那般地紧密相连。那是一场很棒的会议，也是一次很棒的假期。除了晚上睡觉时间外，我几乎都未曾想到过那几个孩子，这无疑是上天恩赐给我和查德的大好机会。

因为自从席拉出现之后，汹涌而来的挑战使我不得不把工作带回家，也因而剥夺了与查德相处的时间。他虽然能够体谅，但仍不免偶有怨言。这四天的相处既愉快又轻松。

星期一早上回来，我便迫不及待地想要回到工作岗位上。安东和我在学校的走廊碰面。他的一双眼睛睁得大大的。

"你不在的这几天，我们过得非常'特别'。"他说。

我可以听得出他那"特别"的音调绝对不是指好的事情。我带着恐惧的心情问道："发生了什么事？"

"席拉完全恢复了本性。她拒绝开口说话，把墙上所有的东西都扯了下来，所有书架上的书都被打翻，星期五那天还把彼德打得流鼻血。什么作业都不做，甚至无法将她控制在椅子上。她还一度想拿她脚上的鞋子打破玻璃。"

"你在开玩笑吧！"

"老天，桃莉，我倒真希望我是在开玩笑。她真的是太可怕了。她是我见过的同年龄小孩中最可怕的一个，甚至比她刚来时还要可怕。"

我的心不断地往下沉，一股不快的巨浪逐渐地升起。我一直相信，我不在的期间，她会好自为之地控制自己的行为，没想到结果竟是如此令我伤心。我觉得受了侮辱，毕竟我是如此信任她，结果她令我完全失望。

我原想和席拉好好谈谈，哪知她的校车竟然迟到。

"你应该看看席拉所做的事，"莎拉兴奋地说着，"她把整间教室都给毁了。"

"对啊，"盖里莫插嘴道，"那个代课老师马克汉太太，她打了席拉，还罚她去坐在角落里，还叫惠妮整个下午都监视着她，因为她不听话。"

彼德在我身边兴奋地跳着："她对惠妮好坏，惠妮被她弄哭了，连马克汉太太也哭了呢。还有莎拉哭了，泰勒哭了，所有的女孩都哭了，因为席拉实在太坏了。"

我的沮丧转成愤怒。她怎么可以这样对我呢？我非常地失望。显然她意在报复我，她是故意的。

席拉在我们开始上讨论课之后才抵达。她一边猜疑地看着我，一边坐了下来。往日的臭味又飘了过来，自从我离开之后，她连清洗的工作都没做。

看着她，我心中的不快并未有丝毫的减少，心中充满了防御性，相信她的行为已直接摧毁了我身为一名老师的信赖度了。这次的行为比何姆斯太太那次的行为更令人难以接受，因为她摆明是冲着我来的。

讨论课之后，我把她叫了过来，两人对桌而坐。

"我听说你的表现并不是非常的好。"

她凝视着我，眼神深不可测。

"我一回来听到的全是你所做的坏事，我要你好好地解释这是怎么一回事。"

她一语不发地瞪着我，眼珠僵凝不动。

"我非常生气，席拉。这么长久以来我没有这么气过。现在，我要知道你为什么那样做。"

席拉还是没有回答。

看到她那双冷漠、凝视远方的眼神，一股怒气从我内心冲上来，我抓着她的肩膀猛力地摇她："跟我说话，该死！跟我说话！"但她的情绪依旧，只是咬紧牙根。恐惧令我失去了自制力，我突然放开了她的肩膀。

"我那么信任你，"我说，声音中毫不掩饰我的哀切沮丧之情，"我信任你那可恶的两天，席拉，我信任你，难道你看不出来吗？你是想知道我回来之后看到这一切的感受，听到你的行为的感受吗？"

出乎我意料地，席拉以一种极端愤怒的声音高声叫道："我从没有叫你信任我的！我从没那样说，是你自己要那样做的！我从没有叫你信任我的。你不可信任我！没有人能够信任我！我从没有说过你可以！"叫完之后，她奔到角落的一张桌子下，将自己缩成一团。

她的反应令我吃惊地坐在椅子上无法动弹。其他的小孩子都停下手边的事情望着我们，每个人都露出关心的神色。而我只能坐在椅子上，看着桌底下的她，脑中一片空白，完全不知如何是好。

"好，那你今天下午哪儿也不许跟我们去，席拉。"最后我终于开口说，"我不会带任何我无法相信的人出去，你可以和安东留下来。"

她从桌底下爬了出来："我也要去。"

"不，恐怕不行。我不能信任你。"

她看起来极度苦恼。我知道这趟田野之旅对她的意义非常重大，她喜欢和我们一同外出游玩。

"我要去。"

我摇了摇头："不，你不能。"

席拉放声尖叫起来。她仍然站在远处，双脚直跺着地板，双手不停地在空中挥舞着。

"席拉，别再闹了，否则现在就给我到角落去罚站。"

她显然已失去了控制。她趴在地上，直拿着额头去撞地板，吓得安东冲过去拉住她。她以前从未有过这样的举动。我原先以为她会去摧毁些什么东西，没想到她竟会出现这种自残的行为。我相信其他的孩子，如马克斯或苏珊娜可能会做这种事，却万万没有想到席拉竟也有此举动。

安东把她紧紧地抱在怀中。我冲了过去，心中直担心她伤了自己。

"你还好吧，席拉？"我问。

她撇过头去，"拜托，让我去。"她喃喃地说着。

从这个可怕的举动，我有了些警觉："我想你最好还是别去。"如果她这种行为在外面又复发的话，我无法想象会有什么样的后果。

"我很抱歉做了那些事。让我去。你可以信任我的，拜托？"她的声音非常细微，"给我一次机会。我会让你知道我有多么乖的，拜托！我想要去。"

我低头看着她。我的情绪也呈现巨大的起伏，无法相信她可以在短短的时间内如此收放自己的情绪。

"我可不这么认为，席拉。也许下一次吧！"

她又开始尖叫起来，躺在地上用双手捂着脸。我则转身离开去照顾其他的孩子。整个早上，她就这样把自己缩成一团躺在地板上。

在教师休息室，我一边吃着三明治，一边向安东诉说着我内心的愧疚和不安。

"老天，这次我真的搞砸了。"我边吃边说。如果我连自己的情绪都无法控制得当的话，我哪够资格当一名老师呢？安东倒是一再地安抚我，他觉得是席拉的行为太坏了，不是我的问题。我并不如此认为，我觉得自己有如一只可恶的怪兽。席拉说的没错，她从未说过我可以信任她之类的话。

再回到教室，我坐在她的身边："甜心，我必须和你谈谈。今天早上我做了一些错事，我把气出在了你的身上，其实我那时是在气我自己。现在我改变心意了，你可以和我们一起去，很抱歉我对你发脾气。"

没有回应，没有看着我，席拉站了起来去拿她的外套。

放学之后，我拿过学生们的作业开始批改起来。我原本要陪席拉念故事的，但她拒绝了，自己一个人在地上玩起车来。第一个小时过去了，我发现她站在窗前望着外面的雪景。当我再次抬头看时，她仍然站在窗户前，却注视着我。

"你为什么会回来？"她轻声问道。

"我只是去做一场演讲而已，我原本就没有要离开的意思。我的工作是和我这里的孩子在一起。"

"可是，为什么你会回来呢？"

"因为我说过我会回来。我喜欢这里。"

慢慢地，她向我的桌子走过来，眼中的伤痕消失了。

"你真的以为我不回来了，是不是？"我问，她摇了摇头。

两人这样沉默不语地互视着对方，我可以清楚听见时钟滴答滴答的声音。注视着她的双眼，我猜不透她脑中在想些什么。我真的感到有些悲凉，因为我们彼此的差异是如此之大，却似乎都没有能力去包容彼此。

她站在那里一手绞扭着牛仔裤的带子："你可不可以再读那本书给我听呢？"

"是什么书？"

"就是那本小男孩驯服狐狸的书。"

我微微一笑。

"好，我读。"

第 *13* 章

驯服一朵花

放下牙刷，她小心翼翼地伸出手，用指尖轻触着花瓣的边缘。"耶！"她高兴地叫了出来，口中的牙膏泡沫喷得到处都是。她兴奋地上下直跳，然后，霎时安静下来，小心犹豫地又触摸一次，然后高兴得手舞足蹈。

在温暖的微风中，3月降临了。冰雪融化，冰寒退去。我们都迫不及待地盼望着春天赶快来临，这个冬季实在令人有些难熬。

3月是个平静的月份，连学校的课程也进行得非常顺利。移民人口不断由南方涌入，教师们有的在休息室中讨论着他们班上即将新加入的移民区学生，但我却一点也不担心这种问题。但是，这种现象却对安东造成了影响。当最初几车移民人口陆续抵达时，安东并未提及，只是整个人变得更安静，更加心不在焉。终于，我忍不住开口问他到底是怎么一回事，不知道他是否怀念起从前的日子。

他只是一个劲儿地笑着，看着我不做任何的解释，高深莫测的表情令人不解。安东抓起一张椅子坐在我的前面，他向我解释道，他并不怀念过去的生活，而是他意识到自己的改变。从他随着移民车来到这里开始，从未注意到现今的不同，他觉得自己有如《瑞普·凡·温克尔（李伯大梦）》中的男主角。看着他，我意识到我们两人其实都发生了很大的改变，这其中的微妙感受只能意会，实非言语可以表达。

就像水仙一样，席拉在严寒的冬季绽放。一日又一日，席拉的进步是如此的明显可见。每天早上她会主动去洗脸刷牙，非常注意自己的服装仪容，我们还尝试着其他的发型花样。她变成了一个非常漂亮可人的孩子，学校的教师都对她赞不绝口。

莎拉和席拉成为很要好的朋友，两人时常在上课时互传字条。席拉还在放学后去莎拉家玩了几次。此外，席拉和盖里莫也经常在移民区中一起玩耍。

功课上，席拉可说是一日千里，她会主动做我所交代的事情。作业纸被撕毁的情况也很少见了，一个星期大约只有一两次，但在这种情形下，她通常会自己来向我要另一张作业纸。我要她念三年级的教材和做四年级的数学，这些东西对她来说其实是轻而易举的。只是她害怕做错的心态，令我不得不小心应对。

对于正确和错误，她仍然非常的敏感。只要做错任何题目都会让她倍感沮丧，不过一般而言，她都会重新再试一次，重新解决问题。

我心中纳闷不解的是，我不在的那两天并未对席拉的情绪稳定性造成负面的影响。我们经常谈论到那次事件，她似乎需要一而再地重提那件事，而我也无法打断她。我已经回来了，她的脾气也发了，我也因此大发一阵脾气，最后将罪过归到自己身上。她将其中的每个细节和我一次又一次地讨论，告诉我她的感受，以及那天她吐的原因。现在她可以完全信任我，甚至当我发脾气时，她也都能够摸得一清二楚。总之，她学着用讨论的方式，而不再以摧毁的方式来解决问题。

奇怪的是，在我缺席又回来之后，她先前的摧毁性行为完全消失了。当她生气时，她不再以摔东西或破坏物品来表达愤怒不满，复仇已变得愈来愈不重要了。每当思及这件事，我不禁感到那次事件的重要意义，毕竟在某些方面，它大大地改变了席拉的性情。只是，就整体上而言，席拉仍然有很多问题，但这些问题也变得愈来愈容易解决和更容易控制了。

困扰着席拉的最大问题仍是被遗弃的问题。她无时无刻不在想着她的母亲和弟弟，不晓得他们现在身在何处，不知道他们此时在做些什么。当然，席拉最后的结论总不外是，如果她能把这件事或那件事做得更好些，或许她的家庭就不会四分五裂了。

一个放学后的晚上，席拉忙着埋头做数学题目。她喜欢数学，而且这个科目的成绩总是优于其他的科目。当她写完时，她走了过来，把卷子拿给我看。那是分数除法的问题，这部分我们至目前为止还没有教。结果可想而知，由于她的方法错误，答案也就跟着全错。

"看看这些，是不是做得很好呢？"她问道。

看着作业纸，我心中犹豫着要不要指正她的错误。"席拉，我要你看一些东西。"我在卷子后面画了一个圆，并将它分成 4 等份。"现在，如果我要知道一共有几个 1/8 在里面……"她立刻会了意："我做错了，对不对？"

"那是因为你不懂啊，孩子，没有人教过你啊。"

她顿时在我身边坐了下来，将脸深埋在双手里："我本来想要把它们全部做对，再让你知道我可以不需要你的协助就做完的。"

"席拉，这种事情没什么好不高兴的。"

她双手掩着脸，坐了好一会儿，然后双手慢慢滑开，将那张已经被她揉得皱巴巴的卷子慢慢摊开来："我相信如果我以前把数学问题做好的话，我妈妈，她就不会那样把我留在高速公路上了。如果我会做五年级的数学的话，她一定会为我感到骄傲的。"

"我不认为这和数学有什么关系，席拉。我们真的不知道你妈妈为什么要离开。她或许有她自己的问题吧。"

"她离开，是因为她不爱我。你不会把你爱的孩子留在高速公路上的。而且我的脚还割破了，你看。"她已经不知道要我看那道伤疤多少次了。"如果我更乖的话，她就应该不会那样做了，也许现在她还会很爱我呢！"

"席拉，这点我们真的不知道。那是件不愉快的事情，但是它已经过去了。我并不认为你的乖或不乖和那件事有什么关系。你的妈妈有她自己的问题要解决。我想她是很爱你的，天下的妈妈都是这样子。我想她当时只是无法将一个小女孩带在身边。"

"可是她带吉米在身边呀。她怎么可以带走吉米却留下我不管？"

"我不知道，亲爱的。"

席拉注视着我，眼神中长久以来挥之不去的受伤之情显露无遗。天啊，我心想，我是否永远都无法填补她眼神中的那份空洞呢？她无意识地绞玩着她的发辫。

"我很想念吉米。"

"我知道你想念他。"

"他的生日就在下个星期。他就要 5 岁了，从他两岁以后我就没有见过他。那真的是好久好久。"她转身走到窗边，注视着窗外，"我时常在想念他，我忘不了他。"

"我可以看得出来。"

她转身看着我："我们可以帮他过生日吗？在 3 月 12 日，那是他的生日。我们可以帮他办一个像泰勒过生日时所办的那样的派对吗？"

"我认为大概不可以哦，甜心。"

她的脸沉了下来："为什么不可以？"

"因为吉米不在这里，席拉。吉米显然是住在加州，他没有和我们在一起。"

"这可以只是一个小小的派对。或许只有你和我和安东。或许只要在放学后的时间就可以了。"

我摇了摇头。

"可是我想呀。"

"我知道你想。"

"那为什么不可以呢？只要小小的一个，小小的一个派对，拜托，我以后会表现得很乖，而且再也不会把数学卷子弄得一团糟。"

"那不是重点，席拉。我之所以不答应是因为吉米根本就不在这里。吉米走了，这想起来或许会令人很心痛难过，但他或许不再回来了。我知道你非常非常想念他，可是我觉得你用这种方式来保留对他的记忆是不对的。"

她把脸埋在双手中。

"席拉，过来，让我抱抱你。"她并没有把手拿开，却朝我走了过来，然后爬到我的大腿上。"我明白你对这件事的感觉很不好。我坐在这里都可以清楚感受到你受了伤害，这是一件你必须面对的难事。"

"我想念他。"她的声音干哑，十根小手指紧抓着我的衬衫，一张小脸深深贴埋在我的胸部，"我只是希望他能在这里。"

"我明白，亲爱的。"

"为什么会这样呢，桃莉？为什么她会留下我不管却带走他呢？为什么我会是这样一个坏女孩呢？"泪珠在她眼眶中打转，只是一如往常地并没有掉下来。

"哦，小可爱，那不是你的缘故，这点你一定要相信我。她不是因为你很坏才把你留下来不管的。她只是自己有太多的问题要解决，那不是你的错。"

"我爸，他这样说的。他说如果我乖一点的话，她就不会那样做了。"

我的心不住地往下沉。有这么多的问题要对抗，但又不知该对抗些什么，该从何处着手才好？凭什么她就应该相信我，而不相信她的爸爸呢？我又该如何让她明白，他对这件事的看法是不正确的呢？我感到非常沮丧。

"你爸对这件事的看法是不对的，席拉。他也不晓得到底发生了什么事。他的看法是不对的。相信我，拜托，因为这是事实。"

她沉默地坐了好几分钟。我紧紧抱着她，感觉到她温暖而不稳定的呼吸。最后，她抬起头来："有时候，我真的很孤单。"

我点了点头。

"这种感觉会消失吗？"

我又点了点头："会的，我想有一天会的。"

席拉叹了口气，滑下我的大腿，站了起来："那一天永远都不会来的，是不是？"

　　撇开这些悲伤的时刻不谈，席拉是一个非常令人欣喜的孩子。她聪明可人、学习力强，对什么事都充满好奇心。虽然在情绪上仍然无法抛开被遗弃的阴影，但她却是个愈来愈显露幸福的孩子。连最微不足道的事情，都能使她的眼神为之一亮。而在这个温暖的三月天，最吸引她注意力的东西应该算是花朵了。

　　有天早上我在花店买了一大束水仙花带到教室中。席拉一看见我手上的那束花，早已忘了口中还含着牙膏泡沫，赤着一双小脚便跑了过来。

　　"这些是什么东西啊？"

　　"这是水仙花，傻瓜。你以前不是见过吗？"

　　她看着这些花好一会儿，摇了摇头。

　　"只在课本上见过而已，那是真的花吗？"

　　"当然是真的。摸摸看。"

　　放下牙刷，她小心翼翼地伸出手，用指尖轻触着花瓣的边缘。"耶！"她高兴地叫了出来，口中的牙膏泡沫喷得到处都是。她兴奋地上下直跳，然后，霎时安静下来，小心犹豫地又触摸一次，然后高兴得手舞足蹈。

　　"去把牙齿刷干净，把衣服穿上，然后过来帮我把这些花摆到花瓶里去。"

　　二话不说，她冲了回去，把口中的牙膏泡沫全给吐掉。可是还没来得及穿上连身牛仔裤，她便又跑了回来。

"它们真的好软。让我摸摸看。"

"闻闻看，水仙和某些花的味道不一样，譬如，它就没有玫瑰的甜味，可是它们有自己独特的味道。"听我说完，她深深地吸了一口气。

"我要抱抱它们。"

我差点没为这句话而跌倒："花朵是不可以被拥抱的。"

"可是它们闻起来那么香，又长得那么漂亮，让我好想抱抱它们。"

"它们就是那样的，不是吗？"席拉在一旁看得全身都散发出一种喜悦的味道。

"席拉，你想不想拥有一朵属于你自己的花呢？"

她抬头望着我，双眼睁得大大的："我可以有一朵吗？"

"没错。这些花已经太多了，我的花瓶装不下。我们可以在你坐的那张桌子上放一个牛奶罐子。"

"那真的会是我的吗？"

我点了点头。

"给我的？"

"是的，傻瓜，当然是给你的。你自己的花。"

她的脸色霎时沉了下来："我爸，他不会让我留下它的。"

我微微一笑："花朵是不一样的。它们的寿命并不长，几乎只有一天而已。你爸不会在意这种事情的。"

她慢慢地伸出手，轻轻地抚摸着水仙花。"还记得狐狸和小王子那本书的内容吗？记得那位小王子有一朵花，并将它驯服了，记得吗？"她双眼充满疑惑地看着我。

"你觉得我能够驯服一朵花吗？它将会成为我自己独有的花，而且我会为它负责。我可以将它驯服成为我自己独有的花。"

"嗯，只是你得记住花并不会活很久的。它们可以轻易地加以驯服，我想你做得到的。你喜欢哪一朵呢？"

经过一番仔细思考后，她挑了一朵我看起来没有什么不同的花，但是对她必定有什么特别之处。轻轻地握着那朵水仙，温柔地轻抚着它的花瓣，她情不自禁地微笑起来。我则走过去把她的连身牛仔裤拿过来，要她赶紧穿上。其他的小朋友们陆陆续续抵达，争先恐后又好奇地想知道到底发生了什么事。而席拉只是忘神地站在那里让我为她穿上衣服。她的双唇紧闭，唇间留着一抹微笑。

"我的心真的好大，"她轻轻地说道，"真的很大，而且我可以知道：我是最快乐的孩子。"

我微笑地轻吻她那柔软的太阳穴，然后我拿起那瓶黄色的水仙花，将它们放到我的桌上。

第 *14* 章

彩绘兔屎

在上星期中有三天弗莱迪都在放学回家之后产生呕吐的现象，那是一些鲜红、鲜绿、鲜蓝以及鲜黄颜色的小圆球，每次都吐了十几颗出来。

我们的教室总是充满了笑声。

虽说并非所有的事都很好玩，但每每事后回想起来却又觉得异常可爱，令人莞尔。惠妮可说是保持我们情绪稳定的最佳人选。我诚心地欣赏她的这项特质，因为她从不会因我、安东或其他孩子的缘故，而认为这个班级和别的班级有什么不同。

除去她那极端害羞的性格不谈，惠妮具有一种幽默感，她那种突如其来的机智幽默，有时连大人都觉得不可思议，尤其当她和安东或我独处时更是如此。但是这还不是她最拿手的，她最拿手的绝活应该是恶作剧吧。

小朋友们都非常喜欢惠妮的鬼点子，而且总是跟着她的节拍起舞。至于席拉，她可就聪明多了，她总能在惠妮进行计划之前便拆穿她的小把戏。好笑的是，席拉还总又天真地听惠妮的指挥行事。

3月已经过一大半了，什么事也没有发生，这种现象不禁令我开始不安起来。每天早上我都会小心地检查我的抽屉、茶杯以及其他经常被作怪的物品。一般而言，我都可以从席拉身上探出一些口风，因为她是个守不住秘密的小孩，就算她想努力守住秘密，也总是无法把证据隐藏好。总之，一切风平浪静。我虽抓到过几次她们两人相对窃笑，但随着日子一天天地过去，却也没有什么事情发生。或许是因为惠妮得了重感冒，请了一星期假之故吧。

3月下旬的某一天，弗莱迪的母亲在放学后来找我，当时我正坐在地上陪着席拉玩小汽车。于是，我叫席拉去办公室找安东玩，然后邀请弗莱迪的母亲进来。她一开口便问，孩子们是否在当天稍晚的时候在学校吃了些什么东西？我想了一想，那天是星期三，我们上过烹饪课，我们当天做的是蛋卷。除此之外，孩子们未曾吃过其他的东西，当然午餐不包括在内。她听完之后皱了皱眉头。

她说，上星期中后三天，佛莱迪都在放学回家之后发生呕吐的现象。令她不解的是，她根本不知道佛莱迪吐出来的是些什么东西。她说，那是一些鲜红、鲜绿、鲜蓝以及鲜黄颜色的直径约0.5厘米的小圆球，每次都吐十几颗出来。

我真的感到非常纳闷，想不出那到底会是什么东西。由于我并不曾在教室放置任何糖果，因此那绝对不可能是糖果，更不可能是药品。不，他绝对不可能是在学校吃到那些东西的，我向她保证。同时，我也承诺会对弗莱迪格外注意。

接下来这几天一切如常。惠妮仍然请假中，我则忙于照顾这些孩子，只能利用放学后的时间来准备我的工作，让席拉自己一个人玩。一周就这样过去了。

星期一下午，当我将孩子们送上校车转身回到教室之后，我发现席拉正跪在橱柜下的水槽前面。她保存许多不良用语以供使用，尤其是她心情混乱不想开口时。不论我如何反对，只要她事情做得不顺心，便会执意将这些词语乱用。现在，当我踏进教室时，我听到她喃喃地对着那些东西念念有词。

"怎么了，席拉？"

她跳了起来，迅速转身："没什么。"

"你口中念念有词，在念些什么呢？"

"没什么。"

我走到水槽前："听起来好像有事的样子。怎么回事？"

"有人拿走了一些我的东西。"

"什么样的东西？"

"只是一些东西而已。"她皱了皱眉，"我准备做手工用的。我一直在找都找不到，一定有人把它偷走了。它已经不在我原来放的地方了。"

"你为什么会把东西放在那里呢？你应该把东西收到你自己的柜子里，这是你早就知道的事。谁会知道放在那里的东西是你的呢？到底是什么东西？"

"只是一些东西而已。"

"什么种类的东西？"

她耸了耸肩："就是东西嘛，属于我的东西。"

"好吧，那你去手工箱中看看，或许会有你用得上的材料。"

大约一个小时之后，弗莱迪的母亲又出现在我的教室门口，弗莱迪又吐了，这次有更多小圆球，她还将吐出来的东西用纸巾包了一些带过来。我看了那些呕吐物之后，坚信那些东西绝非来自我的班上。

这时安东正巧完成了办公室中的工作返回教室，我向他招手示意他过来。

"你在教室里是否曾见过这种东西呢？"我问道。

他倾身横过我的肩膀以便能看得更清楚些："这是什么鬼东西啊？"他拿过我手中的铅笔，轻轻一压，两个小球轻易地便被压碎了。

"很明显地，弗莱迪一定是在什么地方看到这些东西，把它们吃下了肚，然后放学回家之后便全给吐了出来。佛莱迪的母亲认为这些东西来自教室之中。"

"这些是什么？"安东问道，满脸困惑。

"我也是一团迷糊啊。"

席拉这时也好奇地走了过来，拉了拉我的牛仔裤："让我看看。"

我把她推开。

"等一下。"她跑到一旁，拉过来一张椅子，站到椅子上面，"让我看看嘛。"

"你们知道吗？"安东拿起那一包不知是什么东西的东西，"这或许听起来有些蠢，但我觉得这些东西看起来实在很像兔子的屎。"

"安东，这里头有红色、绿色和蓝色，怎么可能会是兔子的屎？"

"我知道。可是你看它的里头，看起来不是很像兔子的屎吗？"

我忍不住为这种没有答案的困境觉得好笑起来。

席拉在椅子上站稳之后，从我肩上探头过来："让我看看嘛，桃莉。"

安东倾身向她，把纸包里面的东西拿给她看。一看到纸包中的东西，席拉倏然后退，想弃椅而逃。结果一个重心不稳，摔得她和椅子四脚朝天。

"你没摔伤吧？"我一面问一面将她扶起来。

她点了点头，注视我的那种眼神令我感到有些不对劲。

"你知道这些东西吗，席拉？这到底是什么东西？"

她缓缓地退了一步，用力地耸了耸肩。

安东则是一副煞有介事的严重表情。

"席拉，你是不是给过弗莱迪一些他不应该有或不可以吃的东西呢？"

她抬头看着我们，脸上写满了无辜的表情。

"席拉，我要你告诉我们是怎么一回事。"我说。

她还是没有回答。

"我们知道你清楚这件事。"安东附和道。

我们就这样彼此凝视着对方。

"席拉。"我以最严肃的声音说道，除非是在不得已的情况下，否则我通常不会如此的。她的表情明显透露着罪状，但是那般无辜的模样，令我不知该如何对她才好。

终于，我走过去，柔声地慢慢诱导她："现在，你告诉我们那些到底是什么东西，孩子。我必须知道，而且我现在就要知道。"

她注视着弗莱迪的母亲带来的那包五颜六色的小圆球，身体不住地往后退。我紧紧抓住她的肩膀。

"我已经快要没有耐心了，席拉，别惹我生气。这些东西有可能会伤害弗莱迪，所以我们必须知道那是什么东西。现在，告诉我吧。"

"兔子的屎。"她淡淡地说道。

"那为什么会有那么多的颜色？"

"我画上去的。"

整个情况刚好和安东的说法不谋而合，他禁不住咯咯地笑了起来，一只手捂住嘴巴。

"你在搞什么呀，席拉，"我说，"你为什么要画兔子的屎呢？"

"是给惠妮的。"

事情的经过是，席拉和惠妮准备在复活节的时候开个小玩笑。所以她们两人就把捡来的兔子屎彩绘上五颜六色的颜色，让大家误以为那是复活节的糖果。弗莱迪一定是在某个地方发现了这些东西，糊里糊涂地就把这些东西吞到肚子里面。现在我终于明白席拉为什么会在橱柜下的水槽前面喃喃自语了。

这场滑稽的玩笑让安东实在按捺不住，嘴唇往两边咧成一条线，双眼不住地向上翻，拼命想把浮现的笑容给收回去。弗莱迪的母亲可就严肃多了。我想如果这件事情是发生在我自己小孩的身上，或许我的感受也会很不同的。

安东打电话到毒物检验中心询问，幸好弗莱迪虽然吃了一个星期的兔子屎，但并没有明显的中毒或生病现象发生，只是他的胃也够受的了。再者，这些东西也都被他原封不动地给吐了出来，并未被肠胃系统吸收进去。

我要席拉到角落去面壁思过。她虽没有发出任何抗议的声音，可是深深地连声叹气。安东和我经过一番讨论之后，决定应该立刻请惠妮过来，她就住在学校附近，同时我也觉得这件事情应该趁小朋友们不在时赶紧解决掉。虽然这只是恶作剧，却有可能引发不可收拾的后果。我觉得最好和惠妮谈谈再见机行事。

安东去找惠妮，我则走到角落，席拉抬头看着我。

"听着，现在差不多是你去等车的时候了，你现在穿上你的外套准备去等车吧。安东和我今晚都很忙，无法带你去等车，因此你得为自己负责。我可不愿意再听到你上车之前又闯出什么祸来，清楚吗？"

席拉点了点头。

"那么，再见了，明天见。"

"我真的很抱歉。"

"没有关系。我们已经讲清楚了，事情过去了。"

"你生我的气吗？"

"我会忍过去的。我知道你只是在开玩笑，无意伤害任何人，我了解。只是现在你们也知道做这种事是愚蠢可笑的，我们不妨就把这事给忘了吧，结束了。"

她站了起来，仍然没有动。

"赶快，否则你会赶不上校车的。"

"你会生我的气吗？"

"不会，席拉，我不会生你的气的。赶快走吧。"

"可是，如果你不生气，那为什么你都不对我笑呢？"

我跪了下来对她说：" 你还是有些不信任我，对不对？" 我梳了梳她的刘海，" 赶快回家，别再担心这件事了，因为我的气已经消了。我不会因为你无恶意的行为而对你生气，我只是很担心弗莱迪。当我很担心的时候，看起来总好像在生气一样。可是，事情已经结束了，好吗？这样你的心里是不是舒服一些了呢？"

她点了点头。

"好了，快走吧，否则你真的要赶不上车了。"

惠妮则是完全另外一回事了。在席拉离开几分钟之后，惠妮在她母亲的陪伴下出现。我无意将此事夸大，只是想和她谈谈而已，完全没有生气或责怪她的意思。只是这种潜藏着危险的游戏，我觉得应该让惠妮明白。但是，惠妮的母亲却将之视为一个严重致命的问题。

安东在电话中稍微和惠妮的母亲提到这件事情，没想到她却小题大做地冲到教室中，有如抓一个小女孩般地抓着惠妮的手臂，要我说明到底是怎么一回事。我尽可能地向她解释。听完之后，她满腔怒火地转向惠妮。

"布雷克太太？布雷克太太？"我继续阻拦她，"是否可以听我解释……布雷克太太？"

安东也试着居中调解，试着引开她的注意力："你要不要喝杯咖啡呢，布雷克太太？"

从头到尾，惠妮只是坐在一张小椅子中不停地啜泣。

我已经不记得是怎么让她的母亲平息怒火的。总之，最后只剩下惠妮和我两个人。我当时听到她那般数落自己女儿的种种不是时，真让我有些左右为难，处境尴尬。我伸出双臂抱着惠妮，她真的需要安慰。

"听着，事情并没有那么糟糕，惠妮。"我抚摸着她的头发。

"安东和我,我们并没有生你的气。我根本就没有生气。"

她坐直身子,抽了一张面纸:"我只是在开玩笑而已。"

"我知道你只是在闹着玩,我也没有生气啊。我并非有意让你惹上这么大的麻烦,相信我。如果我早知道事情会变得这么糟,我就不会要你过来了。"

"哦,我妈妈总是会对任何事情发脾气的。"

"是吗?反正那也不是什么大不了的事。我只是要你知道在教室中要小心一些。他们毕竟都不是正常的孩子,惠妮。你得非常注意他们身边的一些事情才行。"

她点点头,擦掉脸上未曾停止的泪水。

"像弗莱迪那样的孩子是不知道什么东西能吃,什么东西不能吃的。还有,席拉还太小,不知道什么事情可以做,什么事情不能做。"

"我没有想到会有人受到伤害,我无意让此事发生的。"

"哦,甜心,我了解,而且这一次并没有人真的受伤害。虽说差一点伤到人,但这也是你始料未及的。我喜欢你的幽默感,你总是有办法让孩子们开口欢笑。只是这些都是很特殊的孩子,我们得格外小心照顾他们。"

"我老是做错事情。我老是搞砸每件事。"

"那只是目前看起来如此罢了。你知道那不是真的。"

"我妈会杀了我的。"

"这不关你妈妈的事，而是你和我应该注意的事。安东会向你妈妈解释的。如果他没法说服你妈妈的话，那我会和她谈谈的。"

"我真的非常抱歉，桃莉。"

"我明白。"

"我会有什么后果和责任呢？"

"你不会有事的。"

一阵沉默之后，惠妮说："我可以告诉你一件事吗，桃莉？"

"当然可以。"

"这是我唯一喜欢的世界的模样。但是，每个人却为此而不停地嘲笑我。他们总说：'你为什么老要和一堆疯小孩混在一起呢？'他们都觉得我也疯了，是心智上的疯，否则我怎么会老是待在这儿呢？"

"那么，"我回答，"他们一定也如此认定安东和我了？我们两人一定也疯了。"

"曾有人那样对你说过吗？"她终于抬头望着我。

"那倒没有，可是我怀疑有这种想法的人不在少数。"

"你为什么会在这种班级教书呢？"

我微微一笑："我猜那是因为我喜欢一种非常诚实的人际关系。而到目前为止，我发现最诚实的人如果不是孩子便是疯子，所以这个地方大概再适合我不过了。"

惠妮点点头："没错，我想那也正是我所喜欢的，每个人都毫无隐藏地表露出他们的感受。如此一来，就算有人恨你，你也不至于全然不知。好笑的是，有时候我都觉得这些孩子和正常人没什么两样。我是指……"

我点头表示了解："是的，我明白你的意思。"

查德早已在家中等我等得不耐烦了，他买了些中国菜。"你到底跑到哪里去了？现在都已经7点了。"他见到我就迎上来说。

"在学校。"

"到这么晚？天啊。我已经来了一个小时了。你到底在做些什么？"

我把事情的经过详细告诉他。说完之后，我们两人都大笑了起来。我心里虽然很难过，但整件事情仍不禁令人觉得好笑。

"我很抱歉，我不该问的。"查德最后说道。

"我倒不觉得你有什么不对。"我回答。

第 *15* 章

灰姑娘之夜

她摇了摇头：“我希望你是我妈妈，查德是我爸爸。”

“我们可以假装啊。”她小心地问道，“只要今晚就好，我们可以假装吗？假装你和查德是我的亲人，今晚你们带着你们的小女孩要去买洋装。”

我最担心的梦魇终于在 3 月的第三个星期出现了。当秘书小姐告诉我索莫斯先生打电话找我时，我心中便有了预感，甚至在他开口之前，我就知道是怎么回事了。

“桃莉，督察今天来电，说他们在州立医院已经成立好收容所了。”

一听到这些话，我的脉搏开始加速跳动。

“索莫斯先生，她并不一定得过去，对不对？”

“桃莉，我告诉过你，这只是暂时性的安排而已。依据法院的命令，一旦收容所成立，她就得过去。这已不是我们的权力范围所及，这里只是她暂时停驻之处。"

"可是她已经改变了这么多，早已不是当初的那个小孩了。她在医院中会无法生存下去的。"

"听着，这件事情早有定局，这点你是知道的，更何况这才是对她最有利的选择。看看她的家庭状况那样糟糕，她本来就没有什么机会可言的，桃莉。你每天都和孩子们在一起，你比谁都要清楚。"

"可是她不一样，这个孩子有非常多的机会。"我大叫，"她会成功的。她不可以现在就被送到医院去。"

"桃莉，你的确把这些孩子教得很好，有时我甚至不知道你是怎么办到的。可是你太过投入了。我早就告诉你这件事已经安排妥当。"

"那就别这么快下决定。"

"这已超出我的权限范围，我也无能为力。再说我还得对学生家长有个交代才行。"

经过一番争执却得不到结果之后，我笔直地走到教师休息室，不敢回到教室去面对席拉，心中的挫败感真是任何笔墨都无法形容。或许索莫斯说得没错，我是太投入了。最后，我打起精神走回教室。

安东见到了我，什么话也没有问，他明白一切。他建议席拉帮他准备一些隔天上课所需的教材。我则站在走廊上注视着这间教室，过去的种种回忆不断地涌上来，令人有些无法承受。一会儿工夫，席拉已站在我的面前，机敏的双眼打量着我的表情。

"你不高兴。"她静静地说道，把双手插入口袋中。

"没有，我没有不高兴。"

"为什么呢？"

"席拉，过来这里。"安东叫道。席拉一动也不动，双眼仍旧不住地注视着我。然后她来到我的身边跪了下来，脸上充满担忧的表情。

"你为什么哭呢？"

"我没有很快乐。"

安东走过来将席拉提了起来："来吧，小老虎，你不是要帮我的吗？"

我向他挥了挥手："没关系的，安东，我很好。"他点了点头，留下我和席拉两个人。

有好一会儿的时间，席拉只是注视着我，眼中充满了关心之情。然后她站了起来，慢慢向我靠过来，并在我身边坐下。用手轻轻碰触我的同时，说道："也许我握着你的手，你就会觉得好一些了。这招有时候对我很有效的。"

我向她笑了笑："你知道的，孩子，我爱你，永远都别忘了这一点。如果时间真的来临，到时候你必须孤单一人，或感到害怕，或有任何不好的事情发生，千万别忘了我是爱你的，因为我真的爱你。"

她的双眉深锁，完全不懂我到底在说些什么。我自己心中猜想她不知道，因为她实在太年幼了。但是我必须让她知道，因为我已经无能为力了。

那天晚上由于心不在焉，和查德的谈话也就有一搭没一搭的，心中所想的全是席拉的事情。到最后，我又燃起了一丝的希望来。

"查德？"

他看着我。

"是否有任何法律上的程序可以来解决席拉的问题呢？"

"你所指的是什么呢？"

"你知道的。就是有没有什么法律条文可以对抗之前早已安排妥当的协议呢？我是说像我这样的人有办法吗？我并非她的监护人，有办法吗？"

"你要去对抗？"

"总得要有人出来对抗。或许学校会支持我的。"

"我觉得你可以试试看。"

"我的问题是我根本不知该从何处着手。该向谁申诉？是法院对她下达的命令，你不能到法院去告另一家法院的，是不是？我不知道该如何来进行。"

"我想，你可以联合她的父亲，以及当初被她伤害的小男孩的家长，共同召开一个听证会。当然，别忘了社工人员。然后你可以将你所知道的一切变化予以公开。"

"你愿意介入吗，查德？"

"我？"他的双眉耸了起来。

我点点头。

"这类的事情我完全不懂。你需要的是一位这方面的法律专家。桃莉，我的经历只是把那些酒鬼弄出监狱而已。"

"你的经历和我的不相上下。我想如果我来大力倡导的话，可能会付出不少的代价。"

"哦，又是一件慈善案件，对吗？我想我这辈子大概永远都不会发大财了。"

"哦，你当然会的，只是不会是今年罢了。"

当学校的督察长得知我有一位律师愿意插手管此事时，他立刻召开了一个会议，而这也是我第一次见到席拉的前任教师巴舍里太太。她身材娇小，年纪约 40 岁出头。出席会议的还有索莫斯先生、安东、亚伦、科林斯先生、督察长以及席拉几年前的幼儿园教师。或许他是对的，我将整个情况向督察长解释之后，他觉得我们不应该插手这件案子。在此情况之下，我只好直接追查法律的可能性。

当然，以前的这几位教师所持的意见都和我背道而驰，我仍努力地向他们解释席拉在这段时间中的进步，以及她的高智商。我们这场会议中唯一缺乏的关键人物是席拉的父亲，但因迟迟无法和他取得联络，最后只好请安东就近监视他的行踪。一发现他的踪迹，安东就打了电话给我，查德和我则毫不迟疑地立即动身去见他。

这次见面还是闻到他一身的酒味。

"席拉不应该被送到医院去的，"我向他解释，"她在学校的各项表现都非常的好，我认为到了明年秋天，她就可以回到正常班上课了。"

"你为什么这么在乎他们怎么安排她呢？"

"你有一个非常特别的孩子，"我回答道，"到州立医院根本就是项错误的决定。我不希望见到这样的事情发生，因为我认为她可以过正常的生活。"

"那小女孩根本就疯得无法控制。他们不是都已经告诉过你，她以前做的种种可怕的事迹了吗？她差点没把那个小男孩给烧死。"

"她可以不必是个疯小孩的。看看现在，她一点都不疯。但是如果她被送到那里的话，那她真的会疯的。长期而言，只会愈变愈糟。你不会希望自己的女儿被送到州立医院吧？"

他根本不明白我的意思。他自己已经身陷困境，看来席拉的麻烦也不少。他根本不相信任何人，席拉也是如此，这是他们认为较为安全的一种方式。他无法理解我。

我们彻夜长谈，安东和查德则坐在一旁喝着啤酒陪伴我。到最后席拉的父亲终于同意我们的说法，终于相信我们并非在"施舍"，而是在"行善"。他开始真心地去感受，我则相信他那高度防卫的外表下，仍保有着某种慈悲天性。毕竟，他还是很爱席拉的。

听证会就在 3 月的最后一天举行。这是场不对外开放的听证会，除了之前提到的那些人之外，还包括了那个小男孩以及他的父母、席拉的父亲，还有席拉。这场公听会和我原先想象的大不相同，律师们各自陈述着，然后我们将个人事先所准备好的文件呈上去。经过我上次的力争和说服之后，这次大家几乎都站在支持我的立场。法官对那位受害的小男孩的父母提出了一些问题，也询问席拉的父亲，他是以什么方式来照顾席拉的，以及席拉在最近几个月中的种种进步情况。不过，这真是一场很安静的听证会。

走出法庭，那个小男孩的父母就坐在走廊的椅子上，一脸紧绷的表情。那位父亲转头望着我，我们相对无语，又各自转头望向他处。我明白他们夫妇是好人，只是儿子遭此不幸，实在叫他们难以释怀。

席拉此时就坐在我的大腿上，手上拿着一张刚才在听证会上画的图画，现在已迫不及待地想要给我看："看看我的画，桃莉。我画的是苏珊娜。看，这是她最常穿的连衣裙。"

我低头看了看。席拉一直非常羡慕苏珊娜拥有整个衣柜的漂亮衣服。席拉非常渴望能有一件连衣裙，就像苏珊娜的连衣裙那样漂亮。她时常在日记中提到这件事，我甚至还发现她柜子中有许多纸制的小裙子。

漫长的等待终于结束了。法官的办公室大门打了开来。一看到查德的表情，我就知道事情未能如愿。他在距我们不远的地方停下了脚步，一抹促狭的微笑闪过他的脸庞，然后他露齿而笑。

"我们赢了。"

我们全都高兴地在走廊中又叫又跳。

"我们赢了！赢了！赢了！"席拉高兴地在每个大人的腿旁跳来跳去。

"我想这值得好好庆祝一番，对不对？"查德问道："你觉得我们到'喜来客'好好吃一顿比萨如何？"

人群渐渐离去，我瞥眼看见走廊另一端那个小男孩的父母正要穿上外套。我虽为他们感到难过，但却不知该说些什么才好。

"你到底觉得如何呢？你是要走呢，还是打算在这里站一整个晚上？"查德对我扮了个鬼脸。

我回过头来向他点了点头。

"那你呢？"查德对席拉说，"你要不要跟桃莉和我一起去吃比萨呢？"

她的眼睛睁得好大好大，用力地点着头，我则弯下腰一把将她抱了起来。此时席拉的父亲就站在距我们不远的地方，双手插在口袋中，低头看着地板，看起来似乎非常的孤独，相信查德一定也和我有同样的感受。

"你要不要也加入我们呢？"

有那么一刹那，我觉得自己看见他的脸上闪过一丝的光亮，但很快又消失了。他摇摇头说："不，我得走了。"

"席拉和我们一起走应该没有关系吧？"查德问，"待会儿我们会送她回家的。"

他点点头，淡淡的微笑之际双眼注视着我怀中的席拉。此时的席拉仍然相当兴奋，未曾多加注意她父亲。

"你真的不要和我们一道去？"

"不要。"

我们彼此无语地相互凝视了好一会儿，然后查德拿出了口袋中的皮夹，抽出了20元："拿去，这是你庆祝胜利的一份。"

我原以为他不会接受的，因为他会认为这是种施舍。出乎我意料的，他竟然伸手接过钱，转身离去。

席拉、查德和我，乘着查德那部迷你的进口车来到比萨店。

"嘿，席拉，你喜欢哪种口味的比萨呢？"查德一边为席拉拉开椅子，一边问道。

"我不知道，我从来没有吃过比萨。"

"从没吃过？"查德惊叫道，"好，那我们以后可以常常来吃，好不好？"

席拉的新鲜表情令人觉得又爱又心疼。她对查德十分着迷，最后干脆坐到他腿上去。虽然查德以前并未见过席拉，但这次的见面也让他深深地喜欢上这个孩子。一顿晚餐的时间似乎已让他们两人有相见恨晚的感觉。

查德横过桌子看着席拉。"如果你有能力拥有的话，什么东西是你最想要拥有的呢？"他问道。

我的心不禁一阵紧张，因为我知道席拉会说她要她的妈妈和吉米回来，如此一来，势必会破坏我们此时愉快的心情。

席拉沉思了好一会儿："真的还是假的？"

"真的。"

她又沉思了好久："一件连衣裙，我想。"

"什么样的连衣裙呢？"

"就像苏珊娜穿的那种，有蕾丝的那种。"

"你是说这世界上你唯一想要的东西只是一件连衣裙？"查德非常不解地看着我。

席拉点点头："我从来都没有穿过连衣裙。有一次有一位小姐带了一些衣服给我们，那里面就有一件连衣裙。可是我爸，他从不让我穿，他说我们不可以接受别人的施舍。我觉得穿一下应该没有关系的，可是我爸他说，如果我敢穿的话，他就揍我，所以我就没有穿了。"

查德看了看表："已经快7点了。我猜购物中心9点才会关门。"他注视着席拉："如果我告诉你，今天是你的幸运日，你会有什么感觉呢？"

她满脸困惑地盯着他，不知道这到底是怎么一回事："你在说什么呀？"

"我是说我们现在就坐车去买一件连衣裙，一件你喜欢的连衣裙，你觉得如何呢？"

她的眼睛因惊讶而变得又圆又大，两边嘴角往下弯地看着我：
"我爸，他不会答应让我穿的。"

"我想他会的。我们会告诉他那是庆祝你胜利的一部分。我们
会送你回家，然后亲自告诉他的。"

席拉简直兴奋得无法自己，从椅子上一跃而下，在餐厅走道上
显得雀跃不已，抱了抱我，又抱了抱查德。如果我们再不赶快离开
的话，她可能会当场爆炸。

我们在购物中心里面逛了两家百货公司。席拉对连衣裙感到害
羞又兴奋，让人不禁觉得好笑。终于，我挑了几件有蕾丝的漂亮连
衣裙，拉着席拉到试衣间去试穿。一套上这些连衣裙，席拉简直换
了一个人似的。我们两人待在那间小更衣室中至少也有半个小时之
久。她一件一件试穿，最后选了一件红白相间、颈部有蕾丝、双臂
有泡泡袖的连衣裙。

"我要每天都穿着它到学校上课。"她诚挚地说着。

"你看起来真的好漂亮。"

她注视着镜中的我："我可以穿回家吗？"

"要是你想的话。"

"我想啊！"她的笑容顿时消失，转身看着我，爬上我的大腿，
一只手轻柔地抚着我的脸，"你知道我希望什么吗？"

"你希望能够把这三件连衣裙都带回家吗？"

她摇了摇头："我希望你是我妈妈，查德是我爸爸。"

我微微一笑。

"看起来似乎就好像是那样子了，不是吗？我是说今天晚上啦。好像你们真的是我的亲人，对不对？"

"我们比那个还要好，席拉，我们是朋友呀。朋友比父母亲还好，因为那表示我们是真的想要喜爱对方，不是因为义务的存在而必须去喜爱对方。我们选择当彼此的朋友。"

她坐在我的腿上，注视着我的眼睛好久好久。最后她叹了口气滑下我的大腿："我希望我们可以二者都是。我们可以是家人，也是朋友。"

"没错，那将会很完美。"

她皱起了眉头。"我们可以假装啊。"她小心地问道，"只要今晚就好，我们可以假装吗？假装你和查德是我的亲人，今晚你们带着你们的小女孩要去买连衣裙。虽然她已经有很多连衣裙了，可是你们还是带她去买。因为她喜欢，而且你们也希望她有很多的连衣裙。"

我的专业素养不停地催促我向她说"不可以"。可是一看到她的眼睛，我的心便不听使唤。

"我想我们只能假装一个晚上。只是你得记住，这是假装的，只有今晚而已。"

她高兴得雀跃尖叫，穿着一条内裤便冲出了更衣室："我要去告诉查德！"

在短短的时间内突然变成一名父亲，查德觉得有些好玩。对我们三个人而言，这真是个言语难以形容其奇妙的神秘夜晚。在送席拉回家的途中，她在我的怀里睡着了。一等到查德停好车，我便将她唤醒。

"好了，灰姑娘，"查德打开了车门，"现在该是回家的时候了。"

带着一双惺忪的睡眼，她向查德笑了笑。

"来吧，我抱你进去，然后告诉你爸爸我们做了些什么事情。"

她犹豫了一下。"我不要走。"席拉温柔而缓慢地说道。

"这是一个很棒的晚上，对不对？"我回答。

她点点头。一阵沉默紧随而至。"我可以亲你吗？"她问。

"我想，可以。"我把她紧紧地抱在怀中亲她，让她的唇轻轻地碰我的脸颊，然后她又亲了亲查德，并让查德抱着她进到屋内。

在回家的路上，我和查德一路沉默不语直抵家门。最后查德转身向我，眼中反射着街灯的光芒："她只是一个小女孩而已。"

我点了点头。

"你知道吗？"他说："说起来或许有些愚蠢，但是今晚的这场假装，不禁让我希望我们真的是一家人。那种感觉是如此轻松，如此贴切。"

我在暗夜中微笑起来，全身漂浮着一种舒服的感觉。

第 *16* 章

性虐待

她右腿内侧的裤管早已红了一大片，解开她的牛仔裤，发现她的内裤早已全被血给染红，血液顺着双腿往下流。她的脸色愈来愈苍白，我不知道她到底流了多少血。

4月挟着风雪降临。由于风雪实在过于猛烈，学校不得不停课两天。两天后的讨论课上，席拉说到她的叔叔杰利搬来和他们同住的事情。她说杰利叔叔刚从监狱出来，现在正在找工作。她似乎对叔叔搬来和他们同住一事感到相当的兴奋，不断地提到叔叔在这一两天中陪她在雪堆中玩耍打雪仗的种种。最令她高兴的，则莫过于那件连衣裙了。

她每天都穿着那件连衣裙来上课，还会在其他小朋友面前走来走去，目的无外乎是要引起其他孩子们的羡慕，还得意地把如何获得这件连衣裙的来龙去脉说得一清二楚。她身上所散发出来的那股幸福，令我不忍心打断她。

大约在 4 月中旬的一个早上，席拉到校时显得有些不同往常。由于那天她的车子迟到，所以当她抵达时，我们的讨论课已经进行到一半了。那天她穿着那件破旧的连身牛仔裤和 T 恤，脸色显得有些苍白，独自坐在圆圈的外围不发一语，只是聆听。在讨论课的过程中，她曾起身两次到浴室中去。我因担心她是否生病，而无法专心上课。

我在发数学作业的时候突然发现席拉不见了，最后又在浴室中找到她："你今天是不是觉得不舒服呢？"

"我还好。"她说完之后，便拿着数学卷子回到她的座位上去。就在这堂课快结束时，我走了过去，坐在她的身边，教她做新的数学题目。我将她抱到我的大腿上。令我惊讶的是，她的身体是如此僵硬。伸手摸了摸她的额头，并没有发烧的现象，但是她的行为却又如此奇怪。

"有什么事情不对劲吗，席拉？"

她摇了摇头，全身都紧绷着。

"我还好。"她再次确定，然后回到她的数学题上。

课程结束后，我将她从我腿上抱下来。此时，我发现牛仔裤上有一片正逐渐扩散开来的红点。注视着这个红点，我完全无法理解那是什么东西。是血吗？

我看着席拉："到底发生了什么事情？"

她摇着头，脸上毫无表情。

"席拉，你在流血！"她右腿内侧的裤管早已红了一大片。我一把抱起了她，冲进浴室并锁上门，解开她的牛仔裤，发现她的内裤早已全被血给染红，血液顺着双腿往下流。我终于明白她之前为何会一直跑浴室了。

"老天啊，席拉，到底是怎么回事？"我高声喊叫道。恐惧已经淹没了我。当我拿掉她自己垫上的毛巾时，发现血液不停地从她的阴道流出来。

可是席拉仍然没有什么表情，空洞的双眼望着我。天啊，她的脸色愈来愈苍白，我不知道她到底流了多少血。为了让她保持清醒，我抓着她的肩膀猛力摇晃。

"席拉，发生了什么事？你一定得告诉我。现在不是你玩把戏的时候，你到底发生了什么事？"

她撑开沉重的眼皮，强忍着痛苦。"杰利叔叔，"她开始轻柔无力地说着，"他今天早上想要把他的小鸡鸡放到我里面。可是太大塞不进去，所以他就拿了一把刀子。他说我都不理他，所以他把刀子插到我里面，这样以后我就不敢了。"

我全身一阵麻木："他把刀子插进你的阴道里面？"

她点了点头："就是那种银质的餐刀。他说我得为他的小鸡鸡不能插进去而感到抱歉。他说这个刀子会比那个痛上好几千倍，而这都是我的错。"

"哦，老天，席拉。为什么你不告诉我呢？为什么你不让我知道呢？"我心中不停地担心她可能已经失血过多了。抓起一条大毛巾将她包住，抱起她，我一路往外冲。

"我很害怕。杰利叔叔说不可以告诉别人。他说如果我告诉别人，他会再对我做一次。他说如果我告诉别人，将会有更糟的事情发生。"

交代安东照顾其他的孩子后，我抓起钥匙向停车场冲过去。这种异常的举动惊动了许多教师和学生，大家纷纷探出头来看。

"发生了什么事？"每个人都不解地问道。

我要学校秘书赶快联络席拉的父亲，要他立刻赶到医院，然后马不停蹄地奔向我的车子。席拉的脸愈来愈白，反应愈来愈迟缓，身子也愈来愈沉重。

"席拉？席拉？保持清醒。"我低声唤着她，一手开车的同时，另一手则紧紧抱着她。我应该找个人帮我的，但是根本就没有时间，也管不了那么多了。

"我还醒着。"席拉喃喃地说。她那小小的手指紧抓着我的皮肤，"可是很痛啊！"

"哦，我知道很痛的，宝贝。可是你得继续和我说话，好吗？"到医院的短短距离，有如到世界另一端那般遥远。我心中一片混乱恐惧，痛恨自己为什么不能镇定地依照红十字会训练的程序来处理。

"我的杰利叔叔，他说他会爱我的。他说要教我大人们彼此相爱的方法。"她的声音听起来十分微弱且无辜，"他说我最好懂得大人们彼此相爱的方式。当我痛得尖叫时，他说如果我不懂的话，以后没有人会爱我。"

"你的杰利叔叔什么也不懂，甜心。他根本不知道自己在说些什么。"

她啜泣地说："他说那就是你和查德相爱的方式。他说如果我要你和查德爱我的话，我必须让他教我，这样我才学得会。"

此时我们已快要到医院了。我对她说："哦，甜心，他错了。查德和我本来就是爱你的，他那样说只是因为他想对你做坏事，他没有权利这样碰你的。他所说的和他所做的事情都是不对的。"

当我把她放在担架上时，显然她已受不了那种痛楚了。她放声哭喊出来，却未流下一滴眼泪。她的手拉着我的衣服不放，医护人员不得不将她的手强行拉开。

"不要离开我！"她哭喊着。

"我会一直陪着你的，席拉。可是你得躺下来，乖，现在放手好不好？"

"别离开我！别让他们把我带走！我要你握着我的手。"我们四个人手忙脚乱地把担架往急诊室门口推去。席拉仍然紧抓着我的衣服不放，或许是害怕我会把她交给这些陌生人的缘故。

急诊室的医生最后让我抱着席拉来做初步的简略检查。由于她的父亲还没出现，我只好暂时在同意书上签名。我把所知经过全部告诉了医生。就在此时，我们看见席拉的父亲踉踉跄跄地和社工人员出现在走廊上。显然，他又把自己灌得烂醉了。

医生说席拉流血过多，因此他们得先稳住情况。很明显地，他指出那把刀子穿破了阴道壁直达直肠，这是种非常严重的情况，因为这会引起巨大的感染。稳住了出血之后，医生表示必须开刀才行。

我想我也帮不上忙了。想必我的班上现在必定是一团混乱，我觉得最好还是先回去工作比较妥当。低头望了望自己的身上，全身沾满了血迹，这些全是某个人身上流出来的血，让我觉得非常不舒服，这也让我意识到生命竟是如此的脆弱。

我在11点钟左右回到了学校。抬头一看时钟，才惊觉这短短的一小时内，我竟做了那么多的事情。从席拉坐在我的腿上做数学题到我送她去医院，然后我回家换了衣服后又来到学校。对我而言，这好像有一百年那么久，却被压缩成一个小时。我觉得自己又老了不少。

那个晚上我并没有到医院去。放学后，我打了电话给医生，他告诉我，他们刚刚才开始进行手术，目前尚未完成。她的情况并没有完全稳定，仍然有危险。手术后的席拉一直呈现半昏迷状态，甚至不知道身边有些什么人。医生认为她需要有周到的照顾才行。我向医生毛遂自荐，因为我和她的关系无异于家人。他则要我等到第二天再看看情况，同时他也一再向我保证会尽力照顾她。

我询问席拉的父亲是否仍在医院，医生回答我，在我离开后不久，他也被送回家了。至于那个杰利叔叔，则已被拘留起来。

查德在吃完晚餐之后过来找我。听我讲完了事情经过后，他非常生气。一开始他只是一言不发地来回踱步，接着便不敢相信地叹起气来。查德气得威胁要做出对杰利不利的事情来。对于这些龌龊卑鄙的小人，他可是没有什么同情心的。我也被查德的反应吓了一跳，因为我从未见过他如此愤怒。

稍晚警方来电问我是否可以到警察局做笔录。在查德的陪同下，我将当天早上所发生的事情详细地告诉警方，还一再重复席拉告诉我的那些话，以及我的处理过程。

第二天早上，我利用下课的时间打电话到医院去看看席拉醒过来了没有。这次，医生的语气已没有昨晚那般沮丧。昨晚她熬过了手术，今早已清醒过来，他说我可以随时去看她。当我问到席拉的父亲是否去看过她时，得到的答案竟是"没有"。我请医生告诉席拉，一下课我就过去看她。他不断地称赞席拉是个坚强又勇敢的孩子。

或许席拉的遭遇说明了我班上的教学困难，我们在班上也讨论到了虐待的话题，包括生理的虐待和性虐待两方面。毕竟我班上的这些孩子都属于被虐待的高危险群，因此我认为让他们明白这种状况是很必要的，只不过性虐待令人较难启齿和解释。在这所学校中，性教育并不是很受欢迎。性虐待好似学校的鸡肋一样，总被极力地低调处理。我只好尽量以非正式的方式来教导我班上的孩子，什么是得当或不得当的"接触"。不论男孩还是女孩，都有某些部位是绝对不可以让别人碰触的，同时也不可以因为"好玩"而去碰触。

只是有关席拉的案子，我真的不知如何处理才好。性和暴力对情绪失调儿童而言，实在不是个好主题，但是我又不能不说。孩子们都亲眼看到我们那么匆忙地离开，也看到了血迹，还看到席拉没有和我一道回来。我只能大略告诉他们说席拉在家中受到了伤害，因此我必须带她去医院看医生。除此之外，我便没有再说些什么了。

第二天当他们听到我说席拉已经移到儿童病房，同时也比前一天好了许多时，小朋友们热心地为席拉制作慰问卡。总之，孩子们比我所认知的还更有感情。到了学校即将放学的时候，威廉含着眼泪冲到我的面前。

"怎么了？"我一边问一边坐了下来。

"我害怕席拉的病，我害怕她会在医院中死掉。我的爷爷有一次到医院去，然后就死掉了。"

出乎我意料地，泰勒也开始啜泣呜咽起来："我好想念她。我要她回来。"

"嘿，小朋友，"我说，"我下午不是告诉过你们，席拉现在很好吗？她已经好很多了，不会死掉的。"

一个接一个，每个孩子的脸上都挂着眼泪，甚至连一向视席拉为敌人的彼德也不例外。

"可是你都不让我们谈这件事，"莎拉说，"你一整天都没有提到过席拉的名字，那样好吓人的。"

"对呀，"盖里莫接着说，"我不停地在想她，可是你却表现得好像她根本没有在这个班级中待过一样，我很想念她。"

我注视着他们每一个人，除了弗莱迪和苏珊娜之外，每个人的脸上都挂着两行眼泪。我不禁怀疑他们是真的对席拉这么忠诚，还是被之前所发生的事情吓着了。不过，这件事倒是真的影响到我了。我试着对所有事情保持冷静，什么也不愿提起。现在，他们全都围坐在我身边。

"有些事情是很难开口说清楚的。"我说，"而席拉所发生的事情便是其中的一种。"

"为什么呢？"彼德问，"难道你不觉得我们已经够大了吗？我妈妈每次有什么事情不愿告诉我时，都会和你说同样的话。"

我微微一笑："或许吧，或许是因为很多事情真的不知道要怎么来讲。连我都不知道这是为什么，或许是因为那些事情令我们感到害怕。就算我们已经是大人了，还是会对一些事情害怕，我们并不喜欢讨论这类事情。"每个孩子都盯着我看。"记得我告诉你们，席拉是在家中受的伤；还有我们所讨论过的，人们应该用什么方式来碰触你们吗，我是要告诉你们，有些人他们根本就没有权利来碰触你们。"

"没错,就像下面那个私处,对不对?"威廉说。

我点了点头:"对,席拉家中有个人就碰触了席拉,而且是碰触他没有权利去碰触的地方。当席拉为此不高兴时,这个人就伤害了她。"

"那个人对她做了什么呢?"威廉继续问道。

"用刀子伤害她。"

"是谁伤害她的呢?"盖里莫质问道,"她父亲吗?"

"不是,是她的叔叔。"

"她的杰利叔叔?"泰勒紧跟着问。

我点点头。

沉默了片刻之后,莎拉耸了耸肩:"至少不是她父亲。"

"那也没有什么不一样的,莎拉。"泰勒答道。

"当然不一样。当我小的时候,还没有上学以前,我父亲有时会趁我妈妈在工作的时候进我的房间,并且……"她停了下来,眼光从泰勒身上转移到我身上,然后低下头看着地毯,"呃,他就会做那种事情。我觉得,如果是父亲的话,感觉就更坏了。"

"这件事情就到此为止,好吗?"威廉用手捂住双耳。

"不行,我要讲。我要知道席拉现在怎么样了。"莎拉坚持道。

我伸出一只手:"你可以来这里坐在我身边。"威廉听话地走了过来。"这是件可怕的事情,对不对?"我问他。

他点了点头。

"桃莉？"泰勒问。

"什么事？"

"为什么席拉的叔叔要对她做那种事呢？她前几天才告诉我们说她叔叔非常好，还会陪她玩的。他为什么要割伤她呢？"

我看着她，脑海中怎么都想不出一个满意的答案："我也不知道，泰勒。"

"他是不是有问题呢？"莎拉问，"就像我父亲一样？他们把他关在医院的病房中，因为他有问题。这是我妈妈告诉我的。他从此没有回来过。"

"没错，你这样说并没有错。他不知道碰触小女孩的正确方法，或者说，他明白，只是有时候做事情不会先用头脑想一想，只是为了一时的高兴就去做了。"

"他会像我父亲一样被关到医院的病房中吗？"

"我不知道。但是伤人本来就是违法的。"

"席拉什么时候能回来呢？"彼德问。

"一等到身体好了之后就回来。"

"那她还会和以前一样吗？"

"你是指什么呢？"我问道。

彼德皱了皱眉："嗯，如果她被割到下面的那里，那她会不会有什么不一样呢？"

"我还是不懂你的意思，彼德。解释一下你的意见。"

他迟疑了片刻："我可以说脏话吗？我得那样讲才能让你明白我的意思。我需要说脏话。"

我点点头："这和辱骂别人不一样。当他们需要说明什么的时候，便不再是脏话。说吧。"

他又迟疑了一下："呃，下面那里，那是女孩子的私处，对不对？"

"是的。"

"那是女孩子尿尿的地方。如果他割到她的那里，该怎么办呢？那是生小宝宝的地方，如果被割伤了，那该怎么办呢？"

"如果是你，你觉得会有什么后果呢？"

"万一她长大了，然后肚子里面有了小宝宝，那怎么办才好？"

"万一她真的这样，你觉得该怎么办？"

"她可能会在生小宝宝的时候把那些伤痕挤破。"他说道，"我妈妈生我的时候就是那样，所以我才会变成疯小孩的。"

"哦，彼德，那不是真的。"我说。

彼德爬了过来，把头靠在我的大腿上："是这样的。"

"不，不是的，我不知道你在哪里听来这些话，但这是不正确的。"

我们不停地讨论着这些问题。大家都非常严肃，没有人是抱着开玩笑的态度，甚至到了放学的钟声响了之后还欲罢不能。

送走孩子之后，我整理了一下小朋友们的慰问卡，顺便带了几本席拉喜欢的书，便开车前往医院。她此刻已经被转到观察病房，我开门走了进去。

席拉有一间独立的大病房。她瘦小的身躯躺在婴儿摇床上，手臂上插着好几支针管。她看起来是这么的纯洁幼小，我禁不住泪流满面。我唯一想不通的是，他们为什么把她放在一个婴儿摇床上？和同年龄的孩子相比，席拉的自尊心要强烈许多。我知道睡这种床会让她觉得很丢脸，并且更不愿让我看见她睡在里面。

我一进来，席拉便转过头来看着我。她没有开口说话，只是默默地看着我。"别哭，桃莉。"她轻声地说，"我已经没有那么痛了，真的。"

她的勇气不禁令我感到惭愧。"他们为何把你放到一个婴儿摇床里呢？"我问。我走到她的身边，抚摸着她那没有插针头的手："你不应该睡在婴儿床中的。"

"我无所谓的，真的。"她说。而我明白那根本不是她的真心话，我太了解她了，她总会坚强地武装自己，现在反倒安慰起我来了。"别哭，桃莉。我不会在意的。"

"哭一哭会让我舒服一些。你吓死我了，害我这么担心。哭一哭可以使我感觉好一些，何况我也忍不住啊。"

"真的没有那么痛，也没有伤得那么厉害。"她的眼睛里早已没有什么情感，"只是我有时候真的很害怕。就像昨晚，我不知道自己在什么地方，那种感觉很吓人，可是我都没有哭。过了一会儿，护士小姐便过来和我说话。她对我很好，可是我还是有点害怕。我要我爸爸。"

"我知道。我们会想想办法的，当你感到害怕时，可以找个人来陪你。"

"我要我爸爸。"

"我知道，甜心。只要他可以的话，他就会马上过来陪你的。"

"不可能的。他一点也不喜欢医院。"

"好吧，我们再想想办法。"

"我要你留下来陪我。"

我点点头："我尽我最大的能力，安东有时间的话也会过来。我知道查德也会，他整天都在问你的情况。我们都会尽力的。我不希望你害怕，甜心。我会尽最大的能力来帮忙的。"

"我的手臂有些痛，"她眼睛凝视着我，"我要你抱着我，"她低声诉说着，"我的手臂好痛，我好孤单。我要你留下来，抱着我，不要离开。"

"孩子，我想医院的人是不会允许我抱你的，那会把你身上的这些管线给弄得一团乱。可是如果你希望的话，我可以握着你的手。"

"不要，我要你抱着我，我好痛。"

我伸手抚摸着她的一头柔发："哦，我知道你很痛苦，甜心，我也很想抱你，可是我们不能这样做。"

她注视我好一会儿，眼中闪过一丝控制的神情，深深吸了一口气，强忍住痛苦。

"我带了些书来，或许我可以念给你听。"

她点点头："读狐狸、小王子和他的玫瑰那个故事。"

第 **17** 章

面临抉择

经过这次事件，她情绪不稳的问题似乎已经完全消失了。

我并没有因此而感到高兴，反倒有些担心起来。

聪明如她，我担心她会将此事永远藏在内心最深处。

对我而言，这种现象才是真正的失调。

整个 4 月，席拉一直在医院中度过。在这段期间，她的叔叔因性虐待的罪名重回监狱，而她父亲则因患有医院恐惧症，从未去探视过她。

我每天放学后便去陪她，而且都会吃完晚餐后才回家。查德则几乎每晚都会过来陪席拉下棋，有时候玩到我离开了，他们都还欲罢不能。安东和惠妮也是一有空就会过来。奇怪的是，连科林斯先生都会来看她，有一次还陪席拉玩游戏。而令医院员工倍感惊讶的是，席拉成为医院中最受欢迎的小孩子，每天都有很多人进进出出来探望和祝福她。这种现象令我感到欣慰，再者，我也实在挤不出其他多余的时间了。

经过这次事件，她情绪不稳的问题似乎已经完全消失了。

一位情绪曾经如此严重失调的孩子，现在在她身上一点也看不出有任何的异样，连护士们都对她的行为赞不绝口。我并没有因此而感到高兴，反倒有些担心起来。聪明如她，我担心她会将此事永远藏在内心最深处。对我而言，这种现象才是真正的失调。

与此同时，班上的小朋友也慢慢习惯了没有席拉的日子。事情终于淡化下来了，席拉也渐渐不再成为我们讨论课上的主题。在这段期间，我也得知我们这个班级将要解散，以后这个"垃圾班"将成为历史名词。这项法令的颁布使得许多特殊的班级都将就此结束。值得庆幸的是，我这些小朋友这段时间以来的长足进步，已使他们有能力去应付普通班级中的功课，届时他们将会转入其他的正规班级之中。因教育当局无力再负担这些特殊班的庞大经费，故而不得不做出如此的决定。我虽感到悲伤，但并不惊讶。我难过的是，这样的时刻马上就要到来，不禁令人不舍起来。

事实上，我还有我自己的计划。校方虽然提供我另一项职位，但是我已经申请了进修课程，而且也通过了审核。目前我拥有特殊教育的硕士学位和正规教学的证书，却没有完整的教导特殊儿童的证书。如果我真的想朝这方面发展的话，这张证书是绝对必要的。

我甚至还异想天开地想去拿下博士学位呢，因为我发现自己对教书是愈来愈投入了。

虽说我热爱教书，但过去这几个月来，我也不停地在思考我的未来方向。更何况查德不停地要我和他结婚，以便把一切赶快安定下来。尤其在经过了听证会那晚之后，他已明确表示组建家庭之事。这些事情全部混杂在一起，令我无法选定优先顺序。

席拉在 5 月初回到学校上课。看着她一如往常地走到她的座位上，我的心思更无法镇定，完全对未来拿不定主意。没有一个人能够吞下那么多的痛苦后却能表现得若无其事。我担心的是，她的失调现象已经超乎了我的想象。但是，这一整天下来，以及接下来的几天，她都没有任何的问题发生，似乎是一个再平常不过的孩子，你无法想象她曾经是那般的异常。

到了周末，她的武装终于开始松懈了，老毛病又一个个地跑出来了。我开始要求她做更多的功课，她则发现自己会做错答案，这件事令她闷闷不乐了好几个小时。其他的孩子都渐渐地适应她的出现，慢慢地也就不再对她那么注意，这也使得她大感不快。但是更重要的是，她又开始恢复和我的交谈，只是内容不再像从前一样。以前她总会对我说内心的种种感受，现在所谈的尽是些不会伤及或涉及情感的事情。

她恢复了以前那套连身牛仔裤和 T 恤的穿着，衣服上的血迹依然清晰可见。经过医院那段时间的调养之后，她体重重了不少，这套衣服显然已经不太合身了。我不知道那件红白相间的连衣裙现在到底下场如何，于是在某个星期五的下午，我忍不住问了她。

她对这个问题沉思了好一会儿："我不会再穿那件衣服了。"

"为什么呢？"

"那天……"她停了下来，"那天我杰利叔叔，呃，他说那是一件很漂亮的连衣裙，他可以摸一摸里面的感觉。他以前也这样过，可是这次他却没有停下来。他一直把他的双手放在那里，所以我不再穿它。我不要任何人再去摸一摸它里面的感觉。"

"哦！"

"还有，它沾得到处都是血。我爸趁我不在时，把它给丢掉了。"

我无言以对，只好继续手边的工作。

席拉抬起头来说："桃莉？"

"什么事？"

"你和查德做过那种事吗？就像杰利叔叔对我做的那种事？"

"任何人都不应该做你叔叔做的那种事，那是不对的。性行为是成人才能做的事，小孩子是不可以的，更不可以使用刀子，那是不对的。"

"我知道那是什么事。我爸，他有时候会带女人回家做那种事。他都以为我已经睡着了，可是我没有，因为他们好吵，我会睡不着。我看过，我知道那种事。"

她的双眼充满怀疑地问："那是真的爱吗？"

我长长地吐了口气："你太小了，席拉，无法真正地明白。虽然有时候人们认为这就是爱，可是并非真的如此，那叫性。如果两个人真的彼此相爱而做这种事，那便是件好事。可是如果人们彼此并不相爱，那么做这种事便叫作性，而不是爱。有时候有人会强迫另一个人去做这种事，那是不对的。"

"如果一定要做这种事的话，那我永远都不要爱人。"

"你还太小。你的身体还没有准备好做这种事，所以会很痛，可是这不叫爱，席拉。爱不是这样的，爱是一种感觉。任何人都不应该对小女孩做这种事，你还太小。"

"那为什么他要对我做那种事呢，桃莉？"

"你这个问题可把我问倒了，甜心。"

"可是我真的不明白。我喜欢杰利叔叔，他会陪我玩，为什么他要伤害我呢？"

"我真的不知道。人们有时候会失去控制，还记得我上次去演讲时发生的事吗？有时候这种事情就是会发生。"

一阵冗长的沉默之后，我看到席拉的下巴颤抖着。

"事情总是不能照我们希望的方式发生，对不对？"她并没有抬头看我。

我没有回答，也不知道该如何回答。

她把脸埋在桌面上："我再也不要当我了，我不要。"

"有时候那是很难的。"我答道，总觉得自己应该说些什么，又不知该说些什么才好。

"我要当像苏珊娜那样的女孩，而且还要有很多漂亮的连衣裙可以穿。我不要在这里，我要当一个正常的孩子，到正常孩子读书的学校去上课。我再也不要当我了，我讨厌当我自己。可是我不知道要怎么做才能做到那样。"

我凝视着她。过去，我一直觉得自己已经失去赤子之心了。经过了这次，我想下次我不会再感到这么难过了。

第 *18* 章

连衣裙情结

席拉迫不及待地撕开包装纸，拿出了那件连衣裙，眼睛瞪得又大又圆，她让那件连衣裙掉回盒子中，并且低下她的头。

"我再也不穿连衣裙了。"她粗哑地低语道。

我决定要举办一场学期末最重要的活动，我的班级将在母亲节那天表演节目。在如今的教育体制下，特殊班级几乎都无缘参与正常班级所举办的有趣活动。对这些受特殊教育的孩子而言，能够安全度过每一天就已经算是他们最大的成就了，我却非常痛恨这样。因此我才创造出一些更有趣的活动来让我的孩子们参与。

在这些孩子家长的协助之下，我们准备了几首歌、一两首诗以及一场传统的春天花朵和蘑菇装扮的滑稽喜剧。孩子们对这次的表演都感到异常兴奋，只有彼德执意要演一场更具野心的喜剧。由于孩子们都在电视上看过《奥沙克山的巫师》的故事，大家都觉得很喜欢，所以决定要演这出戏。

其中的 5 个角色以主角的台词最多，在我向小朋友解释之后，大家都同意由席拉来扮演，因为她的阅读能力最好。然后便安排剧中的其他角色。彼德坚持不演森林中的任何一种花朵，莎拉也一样。最后，我投降了，要是他们两人能设计出一个大蘑菇，把弗莱迪和其他的孩子也都能藏进去，我便同意他们两人不演花朵。

我曾问过席拉是否希望她的父亲来参加，因为其他许多小朋友的爸爸到时候都会出席。虽说那天是母亲节，但也是一次难得的机会，让孩子的父母共同来分享他们孩子的喜悦。再者，我也希望所有的家长都能用轻松自在的态度来参加学校的活动。征询席拉的意见，是为了能够及早和她的父亲联络。

她沉思了好一会儿才回答："他不会来的。我觉得反正他不会想来的，他不喜欢学校的一切。"

"可是他可以看到你演戏和唱歌。我相信你爸爸要是看到这些的话，心里一定会为你感到很骄傲的。"我在一张小椅子上坐下来。"你知道的，席拉，你已经走过一段漫长又艰辛的日子，现在你已不再是往日的那个小女孩了。你几乎已不会再惹出任何麻烦了。"

她用力地点点头："我以前老喜欢破坏东西，可是我已不再那样做了。而且以前每当我生气的时候就不说话，我以前真的是个坏女孩。"

"你已经进步很多很多了，而且你知道吗？我打赌你爸一定会非常高兴看到你有了这么大的改变。如果他知道你在我们这个班级如此重要，他一定会很骄傲的。"

席拉若有所思地观察着我的表情："也许他会来？"

我点点头："或许他会来。"

表演的当天早上，查德手上拿着一个大盒子来到教室。安东此时正在准备道具，席拉在刷牙。

"你来这里做什么？"我问，有点惊讶他竟然在此时出现。

"我是来看席拉的。"

席拉兴奋地从她所站的椅子上一跃而下，冲了过来。

"先把牙膏吐掉。"查德警告她。她以最快的速度冲回浴室吐掉口中的牙膏。"我知道你今晚要演戏。"查德说。

"耶！"她大声地欢呼，在他身边兴奋地跳来跳去。"我要演多洛丝，桃莉会帮我梳那种猪尾巴似的小辫子。我还要唱一首歌和念一首诗，还有我爸将会来这里，看我演戏！"她滔滔不绝地说得气都喘不过来了。

"你会来吗？"

"不行。可是我为你的初次登台买了一样幸运礼物。"

席拉的眼睛高兴得不断放大。

"我？"

"是的，你！"

出其不意地，她一把抱住查德的膝盖，害他差点跌倒。

我知道盒中的东西是什么，一件红、白、蓝相间，前面还有蕾丝的漂亮长裙。那是查德最近到纽约出差时特地买回来的，因为我曾将席拉对连衣裙的情结告诉他。为此之故，他特地买了件长裙而非短裙。

席拉迫不及待地撕掉包装纸，掀开盒子。注视着那层包装纸，她犹豫了片刻，非常非常缓慢，她拿出了那件连衣裙，眼睛瞪得又大又圆，然后转头看着身边的查德。

接着，她让那件连衣裙掉回盒子中，并且低下她的头。"我再也不穿连衣裙了。"她粗哑地低语道。

查德伤心地望着我，失望之情溢于言表。

我走了过去："难道你不觉得这次或许没有关系吗？"

她用力摇了摇头。

我看着查德："我想我们需要几分钟谈谈，抱歉。"然后把席拉带到教室的角落。我知道查德现在一定一头雾水，我也知道这一定勾起了席拉的旧创。她是如此喜欢漂亮的东西，怎么可能会拒绝查德为她买的这件比以前漂亮上千倍的连衣裙？是她受的伤太深了。

时机终于出现了，我苦苦等了好几个月，而且早就料想到迟早会出现的时机终于来临了。有好一会儿的时间，我只是默默地陪着她坐在那里，然后我把她搂在怀中，紧紧地抱着她。她用力地抓着我的衬衫，我清楚地感受到她的指甲刺入皮肤的痛苦，我一把抱起她。现在，我必须找一处不会受到干扰的地方来好好地和她谈一谈。

"我做错什么了吗？"查德焦虑地问，斯文的脸上充满了关心之情，"我无意……"

我点点头："别担心，把连衣裙放在那里吧。待会我再过来找你，好吗？"

我所能想到的唯一安静不受干扰的地方便是藏书室。我一手抱着席拉，一手打开藏书室的门走了进去，然后随手把门锁上，拉过来两张椅子，将席拉舒适地放在其中一张椅子上。席拉此时哭得更伤心，但并没有歇斯底里的现象，只是一个劲儿地啜泣不止。我把她抱起来，不停地前后摇着她，感觉到自己的手臂和胸部早已被泪水浸湿。此时我的脑海中一片空白，唯一的知觉就是手臂愈来愈酸。

终于，她不再流眼泪了，只剩一阵一阵的抽搐，她全身肌肉因精疲力竭而放松下来。我抚摸着她那被汗水浸湿的头发，不知道她的小脑袋中在想些什么。

"你觉得好一些了吗？"我轻声地问。

她虽没有回答，却将身体贴在我的身上："我想要吐。"

我立刻采取行动，带着她走出藏书室，然后到女生卫生间。我将她抱了起来，让她对着马桶呕吐。梳洗干净后，我们又回到藏书室。

"这种事情是免不了的。有时候当你真的哭得很厉害，就会想要吐。"

她点了点头："我知道。"

"我可以听到你的心跳声。"她在我的怀中说道。

"你是否觉得我们应该回到教室中呢？现在一定在上数学课了。"

"不要。"

沉默又再度笼罩在我们之间。我脑中闪过无数的事情，可是却一件也说不出个所以然来。

"桃莉？"

"什么事？"

"他为什么要买那件连衣裙给我呢？"

我心中在猜想着，或许席拉觉得查德买连衣裙的意图和她的杰利叔叔一样，都心怀不轨。果真如此，那可是一个非常可怕的想法。一番思考之后，我决定不告诉她查德是因为"爱"她，所以才买那件连衣裙的。

"因为我告诉他说你另外那件已经坏掉了，他觉得也许你会想要穿上漂亮的连衣裙上台演戏。"

她没有反应。

"你很清楚的，不是吗？查德永远都不会像你的杰利叔叔那样对待你的，他知道对小女孩做这种事情是不应该的。他并不是带那件连衣裙要来伤害你的，他绝对不会害你的。"

"我知道，我也不是故意要哭的。"

"哦，甜心，没有关系。查德知道你吃过很多的苦，没有人会介意你哭的。有时候那也是唯一让感觉变好的方式，这点我们都知道。没有人会在意你哭的。"

"我要那件连衣裙，"她细声地说道，"我当然想要，我只是很害怕，就是那样，而且我无法停止害怕。"

"没关系，真的。查德明白小女孩的心思，我们全都明白的。"

"我不知道我为什么会哭。我不知道怎么回事。"

"别管它了。"

指导孩子们演戏一事的压力仍然挥之不去。"席拉，我必须回到教室去，小朋友们全都在那里，而且只有安东一个人在应付。我有两个主意，你可以和我一起回到教室；再不然，如果你不想和我一道走，那么你可以到保健室找护士阿姨，然后在那边休息一下。"

"我必须回家吗？我吐了。"

"不，你并没有生病或有其他的问题。"

她滑下我的大腿："我可以休息一下吗？我好累。"

我向秘书说明席拉需要躺下来休息，但不必送她回家，再过半个小时我会过来看她。秘书给我们一张毯子。安顿好席拉后，我准备回到教室。

"桃莉，你觉得我还可以要那件连衣裙吗？我真的不介意穿它的。"

我微笑着点了点头："当然可以，查德本来就是买给你的。"

她整个上午一直都在沉睡，直到我叫她起来吃午餐。

席拉的快速思考能力，以及迅速编撰台词的能力，真是饰演多洛丝的不二人选。莎拉和彼德一直僵持不下，最后我干脆将他们组成一个制作小组，只是彼德明显是主导者。

严格说起来，会喜欢我班上学生所表演的戏剧的人，大概不外乎是这些学生的家长、教师、关心这些孩子的人，以及一些好奇的孩子而已。席拉已经一扫早上的阴影，并且穿上查德买给她的那件连衣裙，而不愿穿惠妮为她缝制的戏服。她像是一只快乐的小鸟般到处跳来跳去，叽叽喳喳说个不停，摸摸幕布，敲敲道具。

整个节目进行得相当顺利，每位小朋友的表现都比我预期的还要好，唯一可惜的是席拉在说着那些冗长的独白时，经常得解释着某些剧情，以便让观众知道事情的来龙去脉。如此一来便又使得大家都得呆呆地站在舞台上，不知做什么好。到最后，彼德干脆走了进来轻轻地告诉席拉无须多费神解释了。

接下来的部分便都非常顺利，没有人忘记诗句的台词，歌也都唱得非常嘹亮，只是有些微小的走调。之后，孩子们还把他们在学校的作品呈给家长们欣赏。

席拉的父亲的确来过，他穿着一件老旧的西装，肥胖的腹部几乎撑破那件可怜的外套，庞大的身躯坐在一张小小的椅子上。我不断地祈祷，希望他别把那张椅子给压垮。

生平第一次，我看到他对他的女儿笑，那时第一阶段的表演正好结束，席拉快乐地跳到父亲面前。对于女儿身上的那件连衣裙他也没有多说什么，直到表演即将结束之际，我才过去告诉他说那件连衣裙是查德为她买的。他仔细地注视着他的女儿，然后转过身来，从他的西装口袋中抓出一个破旧的皮夹。

"我这里没有多少钱。"他默默地说道。我吓了一跳，以为他是要付那件连衣裙的费用，显然他根本无此能力。但其实他心中另有打算，"如果我给你一些钱，你可不可以带席拉去买一些日常穿的衣服呢？我知道她需要一些东西，而这些东西得要有女人带她去买才……"他的声音愈来愈小，眼神也转向他处，"如果这些钱放在我的身上，呃，我有一些小麻烦的，你知道。我只是不晓得……"他的手中握着 10 块钱。

我点点头："会的，我会的。下星期学校放学后，我会带她去买的。"

他对我笑了笑，双唇抿成了一条线，那是种凄凉的笑。然后在我还没来得及反应之前，他已经转身离去了。虽然这些钱买不到什么东西，但显然他有心要尽点力量了。在这方面，至少他已明白这些钱用在该用的地方，会比拿去喝掉有价值多了。对他，我充满了同情。席拉并非唯一的受害者，她的父亲何尝不需要更多的关心呢？幼年时所遭受的苦痛未曾得到排解，现在长大成人了，却仍无法跳脱出昔日的阴影。我悲伤地想着。

第 *19* 章

解散前夕

眼泪顿时从她的眼眶中奔流而下，没一会儿，数道泪痕已直达下巴，她仍然一动也不动，眼睛眨也不眨一下。我已经不知道该说些什么了，我经常会忘记她还只是个六岁多的小女孩，因为她的眼神看起来是如此的苍老。

惊觉到学期结束的日子只剩三个星期的事实，我脑海中不停地转着许许多多尚未完成的事。算一算，还真是不少呢！同时，我也在计划学期一结束便要搬家的事。

我还未向孩子们提到这个班级即将解散的事。有些孩子已经知道下个学期他们将会转到较不严格、较正常些的班级中继续上课。在专人的协助下，威廉已开始到学校主建筑的四年级教室中学习阅读和数学课程。泰勒也有了新的课程，虽然仍有些问题，但她已逐渐步上正规学生的轨道了。

　　莎拉的未来怎么安排，他们尚未做出决定，我想她可能需要再接受一年的特殊班级辅导吧。我担心的是，彼德可能会永远待在这类特殊教育的班级中，他的行为和初来班上时相比并没有很具体的进步，他的行为仍然充满暴力和摧毁的倾向。盖里莫的父母准备要搬家了。至于马克斯、弗莱迪和苏珊娜则必须继续接受特殊教育的课程。弗莱迪将被安置在一个重度智障的班级，这个班级的教师希望他不会有太大的麻烦。

　　至于席拉呢？我还没有告诉她有关这个班级即将解散的事。因为我不知道一旦告诉她之后，会产生什么后果。更明确地说，是我很害怕。她这一路来走得这么辛苦，虽然她已淡忘了吉米，也不再记恨被遗弃在高速公路上的事，但是她还是很脆弱。我不认为她需要待在特殊教育班级中，但是将她安置在一个全新的班级，无法得到教师的全心照顾，我担心她会故态复萌，而且变本加厉地引人注意。她所需要的只是某个人对她的关心而已。撇开她的情绪问题不谈，她可能要比同年级的小孩成熟许多。以她现在的程度，已达到三年级学生的标准。正好我有一位好友仙蒂在这个城市的另一边的学校中教三年级，如果提出请求的话，相信公车愿意送席拉到那所学校去上课的，因为那所学校距离移民区较近。再说有仙蒂的照顾，我也会觉得安心一些。

　　为了能早日让席拉投入正规班级上课，我决定让她去二年级班级中专攻数学。南茜是位二年级的老师，她为人亲切，也是第一位

邀请我的班级及我去分享她班上活动的老师。于是我去找她，问她
是否愿意接受席拉去学数学。我告诉她席拉的数学程度绝对在二年
级之上，我只是要她离开教室一段时间以便她能慢慢调适自己，好
适应正规班级的生活。数学是她最拿手的科目，从这里着手是最好
的方式。南茜欣然同意。

"猜猜看会发生什么？"当我和席拉两人忙着整理同学的玩具
时，我向她说道。

"什么？"

"从现在开始，你将要做一些更切实有用的事情。你每天将会
有一部分的时间要待在正规班级中。"

她猛然抬头："嗯？"

"我和金斯堡太太谈过了，她说你可以每天都到她的班级里面
学数学。"

"像威廉那个样子吗？"

"没错。"

她坐直了身子："我不要。"

"你只是不习惯罢了，但是你会想要去的。想想看，那是一个
正规的班级啊。记得有一次你曾告诉我说想到正规班级去吗？现
在，你的机会来了。"

"我不要去。"

"为什么不去呢？"

"这里就是我的教室。我不要去别人的教室。"

"那只是数学课而已呀。"

她皱着鼻子："可是这里的数学课才是我喜爱的。你要我离开我在这个教室中最喜欢的时段，那是不公平的。"

"如果你想的话，你也可以在这里做数学，可是你同时也得到金斯堡太太的班级中做数学，就从星期一开始。"

"不，我不要去。"

席拉一点也不喜欢这个主意，不论我的理由再好，她总是有理由与之抗衡。僵持了几天，我还是无法改变她的想法。当我在指导其他小朋友时，她便生气地用力跺脚。于是我将她拉到她的位子上，问她是要好好地上课，还是愿意被罚到角落面壁。席拉二话不说地跳了起来，走到角落的椅子上坐下。

很明显地，她意在激怒我或让我觉得有罪恶感。于是在放学之后我便把她交给安东，不再如以往那般陪着她。如果她发脾气的话，那么我便留她在教室。当我在5点左右回到教室时，看到她正靠着一个枕头读着一本故事书。

"你刚才很生气？"我问。

她点点头，看都不看我一眼："你若真把我送走，你会觉得心有愧疚的。"

"那是什么意思？"

"如果我一定得去的话，我一定会不乖的。我会很坏，然后她就会送我回来这里，然后你再也无法把我送走了。"

"席拉，"我愤怒地说道，"好好想想你刚才说的那些话。那不是你真心想要做的吧？"

"没错，就是！"她回答，仍旧不看我一眼。

我瞥了一下墙上的时钟，已经到了她必须去等车的时候。我真痛恨她这个样子。我走到她的身边，跪了下来。

"怎么回事，孩子？为什么你不想去呢？我以为你会喜欢待在正规班级里的。"

她耸了耸肩。

我一把将书本从她手中拿开，好让她抬头看着我："席拉，我要你仔细思考。你很清楚如果你过去那里会惹麻烦的话，我就不会送你过去，你逮到我的弱点了，因为我并不想让金斯堡太太惹上任何的麻烦事。但是，你不会这样做的，对不对？"

"我会。"

"席拉！"

终于，她双眼笔直地盯着我，蓝眼珠中泛着泪水。

"为什么你不要我再待在这里了？"

"我从来没有那样说呀。我当然希望你待在这里。我也要你了解真正的班级是什么模样，如此一来你才能够恢复正常的学生身份啊。"

"我已经知道正规的班级是什么样子了，我来这里之前便是在那种班级里面的。我要待在这个疯子班级里。"

分针已经快移向 12 了。"席拉,听着,我们没有时间了,你必须跑着去赶公车才行。我明天再和你谈。"

席拉根本不愿讨论这件事,而且她还真的言出必行。星期一早上我送她到金斯堡太太的班级去上 30 分钟的数学课。结果不到 15 分钟,安东便不得不去将她带回来,情况之惨烈可想而知。一回到我的教室,她的嘴角便泛起了一抹得意的微笑,我则无力地沉坐在椅子上。

她的行为不但令我非常生气,也使我有好一会儿的时间几乎不再相信我自己。平静下来之后,我并没有责备她,只示意她可以加入我们,我们依旧正常上课。

对我的直接反抗似乎也吓到了她自己。接下来的这几个小时,她对我总是毕恭毕敬,试着让我明白她是多么的乖巧。我并没有对她做出任何的处罚,聪明如她,又岂是处罚就能改变的呢?

放学后我把小孩子们送上车。当我回到教室时发现席拉站在远远的角落里,又圆又大的眼睛中充满了恐惧。我选了一张椅子坐下来。

"过来这里,孩子。我想该是我们谈谈的时候了。"

她犹豫着走了过来,坐在我对面的一张椅子上,表情中透露着疲惫:"你在生我的气吗?"

"有关今天早上的事?我今天早上是很生气,可是现在不会了。不,我只是想要知道你到底怎么回事。我真的不懂为什么你不想去。上礼拜你不愿意讨论这件事，因此我只有自己来发现。通常你做什么事情都会有理由的，这方面我非常地信任你。"

她仔细地观察着我。"这里就是我的教室。"她答道。

"是的，没错。我并不是要把你赶出去。那只不过是一天 24 小时中的 35 分钟而已。再说，我认为也是时候该仔细考虑一下你下个学期进入正规班级的事了。"

"我才不要到什么正规班级，这里就是我的班级。"

我注视着她好长一段时间："席拉，现在是 5 月，再过几个星期学期就结束了，是该考虑下学年的事了。"

"下学年我还要在这个班级。"

我的心不停地往下沉。"不行！"我淡淡地答道。

她的眼神闪过一道火光："那我也是！我将会是全世界最坏的小孩，我会做很可怕的事情，然后他们就会把我送回你身边，他们不会再让你把我送走。"

"哦，席拉。"我感到很悲痛。

"我哪里也不去。我会再变成一个坏孩子。"

"不是那样的，孩子。我不会赶你出去的。老天，席拉，听我说好吗？"她用双手捂住了耳朵。

她抬起那双充满怨怼的眼睛盯着我。眼神中透露出愤怒、受伤以及报复的火焰。

"这个班级下学年就没有了。"我的声音轻得几乎听不到，但她还是听得一清二楚。

她脸上的表情有如浪涛般地转变，她的手缓缓地放了下来，不再愤怒，取而代之的是一片苍白的脸色。"你说这话是什么意思？它要到哪里去呢？"

"这个班级不会在这里了，学校决定不要它了。每个人都要转到其他的班级去上课。"

"不要它？"她喊叫着，"他们当然要它！我要它！我还是个疯小孩。我需要一个疯小孩的班级。彼德也需要。还有马克斯，还有苏珊娜。我们全都还是疯小孩。"

"不，席拉，你不是，我甚至认为你从来就不是。不可以再这样认定自己了。"

"那么我以后就会是。我会做很多很多的坏事，我哪里也不要去。"

"席拉，我到时候也不会在这里了。"

她的脸变得麻木无表情。

"我6月就要搬走了，就在学期结束之后，我要离开了。我真的很不忍心开口对你说这件事，因为我们是如此要好的朋友，可是时间已经到了。我不会因为你的表现好或不好，而觉得不再爱你或留下来照顾你。这个分别的决定是我的选择，一种成人的选择。"

她仍然呆呆地盯着我。

"一切都已成定局了，席拉。我是位教师，我的职责将于6月结束。我们曾经有过那么棒的相处时光，那是任何东西或事情都无法改变的。你已经改变了这么多，而我也一样，真的。我们一起成长，而且现在正是测试我们成长得有多好的时刻了。我认为我们已经做好了准备，你也一样，我想你应该有能力可以自立，你够强壮了。"

眼泪顿时从她的眼眶中奔流而下，没一会儿，数道泪痕已直达下巴，她仍然一动也不动，眼睛眨也不眨一下。我已经不知道该说些什么了，我经常会忘记她还只是个 6 岁多的小女孩，因为她的眼神看起来是如此的苍老。

她把倚在下巴上的双手缓缓放下，头随之低了下来，僵硬地坐着，完全不去理会脸上纵横的泪水。她起身背对着我，向远处的靠枕处走去，然后倚着靠枕坐在地上。我则静静地坐在椅子上，感受着她所散发出来的痛苦，也在吞咽着自己的痛苦。

我注视着她，心中只怕根本没有足够的时间来治疗她内心的伤痛。或许她根本就还不够强壮，无力来承受我这种痛苦的教学方式。虽说这种方式对我而言是正确的，但或许对她是不公平的，因为她完全没有选择的机会。但是，我又能怎么做呢？

缓缓地，我站了起来，朝她坐着的地方走过去，她仍不发一语地坐着。

"走开。"她轻声却坚定地说着。

"为什么？因为你哭的关系吗？"

她瞥了我一眼。"不是。"她停了一下，"因为我不知道该怎么办才好。"

我在她的对面坐了下来，抓过来一个靠枕垫在身后。有史以来第一次，我不想将她拥在怀中安慰她。她的自尊心太强了。在这一刻，我们两人是没有什么不同的。她没有比较年轻，我没有比较老；我也不再是那个聪明、坚强和有智慧的人了。就人的立场上，我们是一样的。

"为什么你不留下来把我教得很好很乖呢？"

"因为让你变得很好的人不是我，是你自己。我在这里只是要让你知道有人在关心你，有人关心你过得好不好。而且，不管我在哪里，我关心你的心是不会变的。"

"你就像我的妈妈一样。"她轻柔且不带责备地说道，好似她早已认定就是这么一回事了。

"不，我不是，席拉，"我注视着她，"或者也许我是吧。也许离开你对我而言，一如当初你妈妈离开你那般的困难。或许那件事也深深地伤害了她。"

"她从没有真的爱过我，她比较爱我弟弟。她把我像一只狗一样地丢在高速公路上，好像我本来就不是她的小孩一样。"

"这点我不知道。我对你妈妈完全不了解，也不知道为什么她会那样对你。而且说真的，席拉，你也不知道。你所知道的只是自己心中的感受。可是你妈妈和我是不一样的，我不是你的妈妈。不论你多么希望我是，但我不是你的妈妈。"

泪水又充满了眼眶，她玩弄着腰上的皮带："我知道你不是。"

"我知道你能明白，可是我也知道你一直这样梦想着。在某些方面，我认为有时候我是，只是那终究只是一场梦而已。我现在是你的老师，而且等到学期一结束，我就只是你的朋友而已。我愿意当你的朋友，不论多久，只要你愿意，我就会是你的朋友。"

她抬头望着我："我想不明白的是，为什么好的事情到最后总会结束？"

"所有的事情都会结束的。"

"有些事情就不会，坏事情就不会。它们永远不会结束，永远不会消失。"

"会的，它们会消失的，如果你愿意让它们消失的话，它们就会消失。虽然不能如我们希望的那么快，但是它们会消失的。真正不会消失的是我们对彼此的感情。即使你长大成人且身处他地，你仍会记得我们以往的愉快美好时光。就算你遭遇困境，这些记忆也仍然永远不会改变，你仍然会记得我，而我也会记得你。"

出乎我意料地，她的嘴角牵动，露出了微微一笑。

"那是因为我们驯服了彼此。还记得那本书吗？还记得那个小男孩是多么的生气，因为他克服了好几重困难才驯服了狐狸，而现在狐狸为了他的必须离开而哭泣，还记得吗？"

随着这段回忆，她露出了难得的笑容，完全沉醉在自我的世界中，几乎忘记了我的存在，脸颊上还印着两道干枯的泪痕："而且狐狸还说那样没有关系，因为它会一直记得麦田。记得吗？"

我点了点头。

"我们驯服了彼此，对不对？"

"一点都没错。"

"有时候哭泣也可以驯服某人，对不对？在那本书中他们就经常地在哭泣，我真的不懂那是为什么。我一直以为只有人们打你的时候，你才会哭的。"

我又点了点头："当你让某人驯服的时候，你便会忘情哭泣。那似乎也是被驯服的一部分，我猜。"

席拉紧抿着双唇，伸手擦掉脸上最后一道泪痕："只是那还是让人感到非常的难过，对不对？"

"没错，的确是令人很难过。"

第 20 章

最后一天

克服离别之痛，是她最艰难的工作。

看着她辛苦地和眼泪对抗，看着她无时无刻不抱着那本《小王子》，我知道她终将会克服这次的难关。

第二天早上，席拉回到金斯堡太太的班级上课，在 35 分钟的课程中完全没有惹出任何的麻烦事。只是在她的心中，仍然无法接受我们的班级即将解散、同学们不能相聚的事实。

令我真正担心的，倒是我怀疑两周的时间根本不够让她做好心理准备。她的行为明显地不再有以往的活泼快乐。她根本就搞不清楚我们的分别和她母亲的弃她而去有什么不同之处，为此我们得一再讨论此一问题，甚至讨论得比她所能认知的还要深入。

那本《小王子》从未曾离开过她的手，她甚至可以随时引述书中的故事情节或任何的对话。她总以这本书的故事内容为典范，证明人们终究会分离、会伤心，而且会哭泣。

她真的学会了哭泣。在接下来的这几天，时常可以看到她脸上挂着两行泪，有时不禁让人觉得她的双眼好似水龙头一般，微笑时含着泪，游戏时也含着泪。当人们问起为何掉泪时，她又说不出个所以然来。我倒是不曾对此事表达过任何意见。如此坚持不愿流泪的她，我相信以后将会慢慢适应的，同时也可让她的情绪做一番更宽广和深入的发展，如此至少能协助她为未来的事及早做好心理准备。

克服此一离别之痛，是她最艰难的工作。过去生命中所发生的种种，她无力阻止也无法选择，只能事后努力地在那个世界中求生存。可是这件事情她早已知道，而且她也尽力地在控制自己。看着她辛苦地和眼泪对抗，看着她无时无刻不抱着那本《小王子》，我知道她终将会克服这次的难关。她够坚强，甚至比我还要坚强，永远不放弃地努力着。

在学期结束之际正好也是我的生日，我们决定在教室中大肆庆祝一番。除了希望有机会可以让孩子们好好玩乐一下，我也同时不想忽略掉我的生日派对。在我生日的那一天，我们订制了一个大蛋糕、许多冰淇淋和鲜艳的气球。

这天过得其实并不顺利，倒不是有什么特别可怕的事情发生，只不过吵吵闹闹的一整天，令人不知该生气还是该一笑置之才好。

一开始是彼德在公车上和人打了一架，来到学校时鼻子还在流血。莎拉不知何故向席拉发起脾气来，席拉把气出在泰勒身上，结果泰勒哭了起来。然后席拉又把沙子踢到莎拉的身上，莎拉也哭了起来。那天的思过墙可说是一整天热闹不断。

就在我们快要准备就绪时，彼德和威廉又争吵了起来，两人拿着小积木互相丢来丢去，我的三令五申对他们毫无作用。

这时又有一个孩子跑过来拉着我的手臂，令我无法集中精神。接着，彼德为了要接威廉丢过来的一块小积木，不小心压到了坐在地上的席拉，两人起身便打了起来。在我还搞不清楚状况时，席拉已经抓起一块积木朝彼德丢了过去，彼德则干脆抓起椅子丢过来。椅子打中了桌子和马克斯，最后连蛋糕都打翻了。我那黄色的大象蛋糕就这样给毁了。

"好了，你们这些家伙，够了！"我大叫，"你们每个人都给我找张椅子坐下来，然后把头低下来。"

"可是那又不是我的错，"盖里莫抗议着，"我又没有做什么。"

"所有的人都一样。"

所有的孩子都照着我的话做，只有席拉仍然坐在地上。

"那不是我的错，是笨蛋彼德来惹我的。"

"坐在椅子上，和大家一样把你的头低下来。我这一整天已经受够你们了。你们这一整天都只是在胡闹，现在这个就是对你们的惩罚。"

席拉仍坐在地板上。

"席拉，站起来。"

她长长地叹了一口气，站起来找了张椅子坐下，然后低下头用双手捂住脸。

看了看他们，真是狼狈的一群。惠妮和安东忙着清理地毯上的蛋糕，看到我走过来，安东没好气地转了转眼珠，我则无奈地微笑。其实我倒真的有点想哭，不为什么原因，只为我想要有一个特别的一天罢了，结果竟是这般的下场。

一回头，我发现彼德正从他那细小的指缝中偷看着我们。我伸出一根手指指了指他，再瞪了他一眼，吓得他赶紧又把脸给遮了起来。我看了看时间。

"好了，孩子们，如果你们能够好好地控制自己的话，你们就可以起来。现在剩下的时间不多了，过来帮忙把地上的蛋糕清理干净，然后各自安静地找事做。我再也不要听到任何争吵的声音了。"

席拉仍然低着头坐在椅子上。

"席拉，你可以起来了。"

她仍然一动也不动。我走过去在她身旁的椅子坐下："我的气已经消了，你可以起来玩。"

"啊哈，"她说，"这就是我要送你的生日礼物，以后我再也不惹麻烦了！"

放学后惠妮带着席拉去坐车，我和安东回到教师休息室。我坐在摇椅上，双腿跨放在桌子上，双手蒙住眼睛。

"真是可怕的一天。"我说。由于没有听到安东的回答，我睁开双眼坐正起来。他不知何时已经走了。哦，管他的！我于是又躺了回去，不一会儿就睡着了。

"桃莉？"

我抬头看，安东回来了，就站在我椅子的对面。

"生日快乐！"然后他递给了我一个厚厚的信封。

"嘿，你该不会准备了什么东西吧，那是我们早就协议好的事。"

他笑了笑说："打开它。"

我打开厚纸板信封，一张折叠了好几层的纸掉出来。

"这是什么？"我问道。

"我送给你的礼物。"

我打开那张纸，那是一封信的复本。

"亲爱的安东·雷米尔先生：

我们很荣幸宣布你已获选为本校大学部的学生。

恭喜你。我们希望在这个秋季班的课程中能够见到你。"

我抬头望着他，他脸上掩饰不住地露出愉快的微笑，宽宽的笑容几乎裂到两边的耳际。我原本想向他道喜，告诉他看到这封信是我最好的生日礼物，可是我什么话也没有说，我们只是微笑互视着对方。

我打了电话和索莫斯先生讨论席拉未来的安排事宜，并且举行了一场会议。我仍坚持要把席拉安置在我的朋友仙蒂的班上。仙蒂在杰佛逊小学教书，是一位年轻、感情丰富的教师，我相信她有能力使席拉不会再度成为他人眼中的异类，而且她也多次向我表示过接纳席拉的意思。

一开始，索莫斯先生并不喜欢我的这项提议。他不认为小孩子应该接受超前教育，再说席拉还只是个小小孩，大部分八九岁的孩子都要比她高出许多。我们做了许多深度的探讨研究，她的学习程度至少已超前二年级的学生两倍之多，她的身体却比二年级学生小上一号。依此状况来看，很难想出一个两全其美的解决方法。把她交给一位我信任的教师能令我放心，毕竟她真正令人担心的问题并不在她的体格大小或智商高低，而在她的情绪问题上。最后，参加会议的人员都同意让席拉到仙蒂的班级中试试。

学期结束前的倒数第二周，我告诉席拉有关杰佛逊小学的事。我说我知道她未来的老师是位非常好的人，因为我和她是多年的朋友。我问席拉是否愿意在放学后去拜访仙蒂的班级。一开始她并不愿意，但在接下来的几天中，由于不停地听到其他小朋友兴奋地谈论着席拉将跳级之事，她于是决定或许去看看也无妨。

星期三放学后，我便开车载着席拉前往杰佛逊小学。仙蒂一看到席拉便开怀地笑了起来。这点我倒不感意外，席拉看起来就像年仅4岁的小孩子，紧紧地依偎在我的大腿上。仙蒂首先带我们参观了一趟校园，然后是她的教室。杰佛逊的每间教室都相当宽敞坚固，可以容纳得下 27 张桌子。一如往常地，她的教室仍是一团乱，堆满了各式的书本和参考教材。和仙蒂的教室相比，我才明白自己的教室原来还算干净整齐的。由这个教室的情况看来，这个班级一定有不少的竞赛活动。在教室的后面，还有一整个墙面的书架和书。

席拉开始不再那么陌生和害羞了。这些书本引起了她的兴趣，没一会儿时间，她便自行浏览起来，翻遍每一个东西。仙蒂对我使了个眼神，微笑地看着席拉一个人安静地东摸摸西碰碰。她做到了。

席拉踮起脚尖从书架上抽出一本书，一页一页地往下看。握着书本，她来到我的身边。

"这里的东西和你的不一样，桃莉。"她说。

"这些可能就是你在这里需要用的东西。"

她又继续翻着那本书，然后转向仙蒂："我不会很喜欢做练习的。"

仙蒂慢慢地点了点头："我以前也听过好多小孩子那样说。这些东西不太好玩，对不对？"

席拉看着她好一会儿。"可是我还是做了，桃莉逼我做的。我以前不习惯，可是现在已经习惯了。这一本看起来不会很难，或许我可以做这本吧。"她非常仔细地看着其中一页，"主题他们做错了。看，上面还有红色记号。"席拉把它拿给我看。

"犯错总是难免的。"仙蒂说。我在字条上告诉过仙蒂有关席拉对正确度的敏感性。这点将会是下年度的主要任务之一：降低席拉对错误的焦虑。

"你会对他们怎么样呢？"席拉问。

"当他们做错的时候吗？"仙蒂说，"哦，我只是要求他们再做一次。如果他们不明白，我就会帮助他们。每个人都要花费一段时间来学习的，这没有什么大不了的。"

"你会用皮鞭抽孩子吗？"

仙蒂笑着对她摇摇头："不，我当然不会。"

席拉对我点了点头："桃莉，她也不会耶！"

我们在那里待了将近 45 分钟，席拉对她提出的问题也愈来愈大胆。最后，当我们准备离开去赶校车时，仙蒂建议或许席拉以后可以在上校车之前，过来参加这里三年级的课程看看。我谢过仙蒂之后便转身离去。

在回程的路上，席拉一直沉默不语。就在我将车开进停车场时，她转过头来说："她不会很坏，我猜。"

"很好。我很高兴你喜欢她。"

跨出了车，席拉握着我的手问："桃莉，你觉得我可以有时间到仙蒂小姐的班级去上课吗？"

"你想去吗？"

"我真的无所谓。"

我点了点头，伸手摘了一朵从外面伸到校园里的花，插在她的头上：“好的，席拉，我想我们可以安排的。”

最后一周的星期一上学后，安东开车送席拉到仙蒂的教室去。虽然我建议她只早上去即可，她却在那里待了一整天。因为她想留在那里吃自助午餐，她可以自己付钱选择自己喜欢的菜色，不像在我们这里，什么都已安排好，没有选择的空间。席拉想要知道当一名正常孩子是什么滋味。

那个下午，她带着满足的心情回到我这里来。这一天过得很顺利，她带着骄傲的微笑诉说自己可以端着午餐的餐盘，而且没有打翻任何东西。有一个叫玛莉亚的女孩子还帮她占了一个位子，两人一同吃午餐。席拉很确定她可以加入那个班级而不会有任何问题，只希望玛莉亚能够留级，这样一来下年度她们便可以同班当朋友了。

有史以来第一次，席拉不会像以前那样的不愿离开我的教室。现在她满口说的都是“下学年，仙蒂小姐说我可以……”，或是“仙蒂小姐将要让我……当我下学年加入她的班级之后”。这一刻真的让我感到有些甜蜜的心酸，因为我知道我已经派不上用场了。

学期的最后一天，我们办了一场野餐。我联络了班上所有孩子的家长，其中有不少的家长都加入了我们的野餐行列。席拉的父亲并没有出现，我们也早就预料到他不会来。但是那天早上席拉却穿着一身全新亮丽的橘白日光浴装出现。席拉显然有些不好意思，但是安东却老逗着她说要把那件衣服偷回家自己穿。一想到安东穿起自己的日光浴装的模样，席拉不觉整个人轻松地咯咯笑个不停。这是她父亲前一晚在折扣商店为她买的衣服，也是席拉有记忆以来，她父亲第一次为她买衣服。

午餐之后，惠妮、安东和我三个人坐在公园中看着远处的席拉。她似乎聆听着内心的音乐，绕着池塘随着音乐起舞。在一旁散步的人全都入迷地看着她，我相信他们都和我有着相同的感受。

安东不发一语地只是看着，然后他转向我："她看起来真的很像一个小精灵，对不对？好似你用力一眨眼，她就会不见了一样。"

我点点头。

"她是自由自在的精灵。"惠妮轻声地说，而且席拉的确是如此。

最后这一天结束得实在太快了。我们收拾好东西之后便回到教室去发最后一份作业，然后彼此道别。教室现在如此的空旷，东西都已经移空了。就在我们发完作业等待放学钟响之际，席拉缩到角落中。我让安东带着孩子们唱歌，然后我笔直地朝着席拉走去。

泪水静静地顺着她的脸颊流下。"我不要走，"她悲恸道，"我不要这里就这样结束。我要回来这里，桃莉。"

"我当然明白，甜心。"我把她抱在怀中，"可是那只是你目前一时的感受。再过不久，你便有一个长长的暑假等着你，然后你便是三年级的学生了，一个正常的孩子。"

"我不要走，桃莉。我也不要你走。"

"记得我告诉过你，我会写信给你的事吗？我们还是会知道彼此的事情的，就像我们并没有分开一样。"

"那我就会不乖。我一定会不乖，我会在仙蒂小姐的班上做坏事，而且你也管不了我了。"

"不，席拉，我无法管你，那是你自己的决定，可是你也很清楚那样并不能改变些什么的。这个班级和我都不可能再回来的，我自己也要去学校念书。至于你要怎么对待你自己，只有你自己可以决定，可是我们或这个班级都不会为此而回来的。"

她盯着地板，嘴唇翘得好高。

我笑了笑："记得吗？你驯服了我，你得为我负责。那表示我们永远都不可以放弃彼此的爱，表示我们现在或许可以哭一小下，以后我们就只会记得我们曾经那么快乐。"

她摇了摇头："我永远都不会快乐的。"

我决定在这最后一天陪她走到两条街外的站牌等她的校车。她拥抱了安东，和惠妮挥了挥手，然后牵着我的手。走到门口，她停了下来，突然又跑回去抱住安东，亲了亲他，然后含着眼泪，拾起自己的物品和那本《小王子》，和我缓缓走出校园。

一路上我们都没有开口说话，此时言语已是多余。公车早已在那里等着，只是那些高中生都还没有上车。司机向我们挥了挥手，席拉则跑过去把身上的东西放在座位上，然后又下车向我走过来。

我们彼此默默对视。

"再见。"她淡淡地说。

我跪了下来一把抱住她。我的心在狂跳，喉咙紧得说不出话来。然后我站了起来，她则转身奔向校车。才一抬脚要踩上台阶，她又停了下来。此时中学生都已出现了，她得和他们一同排队上车。她看了看我，突然朝我跑过来。

"我不是真心的，"她上气不接下气地说，"当我说我会使坏的时候，我并不是真心的。我会当一个乖女孩的。"她严肃地抬头看着我，"为了你。"

我摇摇头说："不，不是为我，是为你自己。"

她淡淡地且奇怪地笑了笑，突然间她又消失了。当我回过神时，她正好登上校车，消失在人群中。司机关上车门发动引擎。

"再见！"我看见她的鼻子紧贴着车窗，口中不停地说着再见，手不停地向我挥别。我微笑着伸手挥别，看着车子慢慢地消失在街道上。

"再见！"我勉力地从紧缩的喉咙中挤出这两个字来，然后转身往回走。

桃莉老师疗愈成长之旅·系列
（精选十本精彩呈现）

桃莉·海顿——美国教育界盛誉为"爱的奇迹天使"

她凭借爱、好奇和永不放弃，以心的能量打开封闭受伤的童心

每段改变和成长源自真实案例

30多种文字，1200万册风行全球，撼动世界亿万父母老师的心灵！

妙妈悦读会　木朵爸爸　儿童技能教养法中国推广第一人李红燕
父亲参与促进中心总干事温志刚　知心妈妈彭霞　**联合推荐**

荣获台湾"好书大家读奖"和中小学生推荐读物　美国图书协会强力推荐

《围墙上的薇纳斯》

一本让你眼角有泪嘴角上扬的书，消除亲子压力，舒缓家庭情绪。

桃莉老师的新班开课了，一个个在传统班级不能适应的孩子来到这里……

孩子们形形色色的各类问题及老师间不同教育理念的冲撞，让桃莉老师焦头烂额。从一开始的互骂斗殴，到学会互相理解甚至保护同伴；从憎恶这个特殊班级，到哭着写下爱的留言"不想离开"。

《午后阳光里的孩子》

一个不会讲话的空洞男孩——布，
一个分不出O和L的活泼女孩——萝莉，
一个被逐出校园的暴力男孩——汤玛索，
一个怀孕的12岁乖巧少女——克劳蒂亚，
在午后的阳光里，
拖着疲惫的心灵陆续来到桃莉老师的教室……
一种无形的信任和暖流在不大的教室里荡漾开来……缓慢的蜕变，悄然的重生……

《重新来过》

利德布洛克，问题重重的她成了桃李老师班上第 7 个"孩子"。不同的是，她是个 33 岁的漂亮妈妈。童年创伤、酗酒成性、自闭症孩子、婚姻破裂……她走投无路，游戏生活，甚至不惜扭曲自己。直到遇见桃莉老师，紧闭的心扉开始慢慢打开……

《玛拉的向日葵森林》

玛拉有着艰辛而不堪回首的往事，她是当年纳粹喜欢的雅利安人，在少女时期就开始遭受强暴和折磨，生下了第一个男孩克劳斯。而当克劳斯被纳粹夺走后，她就深陷失子之痛，直到四十年过去，竟然把一个叫托比的小男孩当成克劳斯，以至于最终走上不归路……

《她只是个孩子》

《总想逃跑的席拉》前传。

席拉，6 岁。在她短短的岁月中，被遗弃、被鞭打、被忽略、被排斥、被推出车外、被叔叔侵犯、被无数次抛弃至人们的生活之外……这个绑架并烧伤了 3 岁男孩的小女孩破坏力十足、难调难服，却具有极高的智商，堪称天才。只有桃莉老师，毫无批判地真心关爱她、理解她、陪伴她，并让这个头发乱糟糟、衣服臭气熏天的女孩如金子一般发出闪耀的光芒。

《总想逃跑的席拉》

6 岁就成为绑架案主角的问题少女席拉走进了桃莉·海顿的特教班，她得到了家庭不可能给予她的温暖和关怀。但这一切在特教班课程结束时又回到原点。

七年后与席拉再次相遇，桃莉发现她的心结仍未解开，她一直无法走出被亲生母亲遗弃的阴影，甚至因为桃莉在课程结束时同样离自己而去而将她和遗弃自己的母亲混为一谈，长久地怨恨着她……

《微光中的孩子》

　　9岁的卡珊德拉有着神话般的名字和面孔，却满嘴谎话，酷爱暴力，挑衅老师，想要自杀……4岁的金发小男孩德雷克活泼迷人，却只跟她的妈妈说过话，此外再也无法发声……

　　微光中的孩子，心事诉给谁人听……

《猫头鹰男孩》

　　大卫偶然间捡到一颗猫头鹰的蛋，他和同班的天才女孩梅比一起孵育它。蛋壳破了，小猫头鹰探出头来，大卫第一次有了属于自己的东西！直到有一天，小猫头鹰生病了，最后死在大卫的家里……

　　因为它的存在，大卫改变了，他终于知道生活里有的不只是痛苦，同时还会伴随着欣喜和希望……

《月球上有三棵树》

　　抱着猫玩具的自闭症男孩康纳，
与他富有天才想象力的母亲萝拉。
两条线索交叉铺叙，游离于真实与虚幻之间。
是天生自闭？还是精神创伤？
惊人的秘密一点一点浮出水面……

《沉默的洁蒂》

　　8岁的女孩洁蒂不说话、不哭、不笑，驼着背缓缓走路，行为怪异，并且深信自己是一个鬼魂。只有在面对桃莉时，她直立起来，对桃莉慢慢敞开心扉，讲出恐怖而毛骨悚然的故事。她对奇怪符号的专注和扭曲的性行为似乎指向了一个连桃莉也不愿意承认的推断。她是否遭遇宗教仪式性侵害？还是骇人听闻的性虐待？又或者她有严重的精神错乱问题？桃莉竭尽全力想要解开这个谜团去拯救洁蒂……